꿈꾸길

10대, 진로를 향한 꿈의 날개

김은기
김다함
김수경
김나희
강채은
최승주
안희주
장민지
손세원 지음   박준석 엮음

밥북
B·O·B·O·O·K

"지금, 꿈을 꾸고 있는 _____ 에게"

많은 사람에게 글을 쓴다는 것은 아주 어렵고 힘든 작업으로 느껴집니다. 하물며 나의 글을 다른 사람들이 읽을 수 있도록 책으로 엮는 것은 더욱 어렵지요. 그리고 그 책을 많은 독자들이 사랑해 준다면 얼마나 좋겠습니까? '미적 감각' 동아리에서는 '10대, 진로를 향한 꿈의 날개'『꿈꾸길』로 작년에 이어 올해 두 번째로 책을 탈고하였습니다. 글을 쓰기 위하여 많은 노력을 기울인 흔적이 엿보입니다. 관련 서적을 찾아보기도 하고, 자신의 글과 관련된 아이디어를 얻기 위하여 현장답사를 다녀오며, 관련 전문가를 찾아가 조언을 듣기도 하는 등 나름대로 상당한 노력을 기울인 결과 책을 엮게 된 것으로 알고 있습니다.

1기 '미적 감각' 동아리는 자연공학계열 학생이 주축이 되어 동아리 활동을 시작하면서 수학과 관련한 재미있는 글을 썼는데, 이번 2기 동아리 학생들은 그 구성원의 진로희망이 초등교사, 생명과학자, 건축가, 디자이너 등으로 보다 넓어진 분위기입니다.

'오랫동안 꿈을 꾸는 사람은 그 꿈을 닮아간다'라는 앙드레 말로의 말처럼 우리가 무엇인가 이루고자 하는 꿈을 꾸고, 꾸준히 매진할 때 그 꿈은 비로소 우리의 현실이 됩니다. 지금 '미적 감각' 동아리 구성원들이 자신을 소개한 책 속 글에서처럼 진로를 이루기 위하여 꿈꾸고 열심히 노력을 기울일 때, 여러분은 멀지 않은 장래에 자신의 꿈이 현실화될 수 있음을 확인하게 될 것입니다. 책을 만들기 위하여 많은 노력을 기울인 지도교사 선생님과 동아리 구성원 여러분께 찬사를 보냅니다.

– 이현고등학교장 차성묵

| 프롤로그 |

   꿈을 잡는 사람들인 '드림캐쳐'가 쏘아 올린 작은 공이 날고 날아서 바로 지금, 꿈을 꾸고 있는 친구들인 '꿈꾸길'에게로 왔습니다. 드림캐쳐 때의 '미적, 감각'이 '수학'을 주제로 수학에 관심 있는 고등학생 친구들이 모여 한 권의 책을 만들어냈다면 이번 꿈꾸길의 '미적, 감각'은 수학이라는 주제에 국한되지 않은, 그야말로

'자신이 꿈꾸는 길을 스스로 개척해 보이자'

   라는 목적을 가지고 각자 글을 썼습니다. 그 결과 자신이 꿈꾸는 교육, 건축, 미술, 수학, 경제, 과학 등 다양한 분야의 꿈들이 하나의 글로 쓰였고 그 이후에 자신의 꿈으로 향하는 길을 수필, 소설, 자습서 등의 다양한 형식으로 만들어나갔습니다. 이렇게 탄생한 '꿈꾸길'은 가까이서 보면 각자의 목표에 대한 고민의 흔적이 묻어나 있어 꿈과 개성이 넘쳐나는 글을 만나보실 수 있고 한 발자국 물러서서 바라보면 고등학생들 각자가 꿈꾸는 다양한 미래와 목표가 함께 어우러진 한 권의 '책'을 만나보실 수 있습니다. 서로 다른 문화가 모여 각자의 문화가 더욱 아름답게 어우러지는 이 세계처럼, 서로 다른 별이 모여 더욱 밝게 빛나는 우주처럼, 서로 다른 꿈들이 모여서 만들어진 '꿈꾸길'이라는 책도 각자의 꿈처럼 길이 가치 있고 아름답게 빛날 것입니다.

꿈꾸길, 뜻을 파헤치다

인생에서 처음 써보는 책의 제목을 어떻게 해야 할지 모두 고민이 많았습니다. 이해하기 쉽고 좋은 의미를 담고자 하니 제목이 길어졌고 짧은 단어로 하자니, 성의가 없는 느낌이었습니다. 기존의 책과 중복되는 제목도 많아 책의 의미를 담은 제목을 짓는 것이 어렵게 느껴졌습니다.

저희는 글을 쓰며 이를 떠올리기 위해 노력했고 수없이 반복된 회의 중 모두가 공통으로 하던 생각이 있었음을 깨달았습니다.

이 책을 쓰는 이유는 '우리가 꿈을 향한 길을 걸어가기 위함이 아닐까?'라는 생각과 '이 책을 읽는 독자들 또한 책을 읽으며 자신만의 꿈을 꾸길 바라고 있는 것은 아닐까?'라는 생각이었습니다. 그래서 중의적 의미의 '꿈꾸길'이라는 제목으로 모두가 자신들의 꿈을 향해 나아가고 꿈을 꾸기를 바란다는 이 책의 주제 의식을 나타내 보았습니다.

차 례

이름: 손세원
진로: 건축가
취미: 예쁜책 사놓고 안읽기
" 성공이 끝은 아니다. "

이름: 장민지
진로: 영화 포스터 디자이너
취미: 디즈니 영화 몰아보기
" YOLO "

이름: 김나희
진로: 초등교사
취미: 드라마 보기, 덕질하기
" 오늘의 내가 가장 행복하도록 "

이름: 강채은

진로 : 스마트 도시 설계사

취미 : 운동하기

" 가장 힘든일은 꾸준히 해내는 것이다.
  꿈은 포기하지 않으면 이룰 수 있다. "

이름: 김수경

진로 : 초등교사

취미 : 사진찍기 , 글씨쓰기

" 후회없이 최선을 다하자 "

이름: 최승주

진로 : 생명공학연구원

취미 : 겨울왕국 덕질

" 해뜨기 전 새벽이 가장 어둡다 "

이름: 김다함
진로: 금융기업 CEO
취미: 게임하기, 영화보기
" 이봐, 해봤어? "

이름: 김은기
진로: 찾아가는중
취미: 복싱, 수영, 농구, 당구
" 이 또한 지나가리 "

이름: 안희주
진로: 화학 관련학과 진학
취미: YTN science 유튜브영상
　　　 찾아보기
" 결과 상관없이 무엇이든지 시도해라 "

과학을 과일처럼 먹자

발명가 김은기

◈ SUPER HERO 「슈퍼 히어로」

영화를 보면 주인공이 방사선을 쬐거나 이상한 약물을 주입해서 갑자기 힘이 강해진다거나 초능력이 생겨서 이전에 없던 히어로의 삶을 경험하지. 그렇다면 우리도 방사선을 쬐면 흔히 말하는 슈퍼히어로가 될 수 있을까?

먼저 돌연변이에 대해서 알아보자.

지구상의 모든 생명체는 DNA를 갖고 있다는 걸 알고 있지? DNA는 몸속의 도서관이라고 보면 돼. 우리 몸의 모든 정보를 DNA, 즉 유전자가 하나하나 모두 담고 있지, 그에 따라 우리의 겉모습 등이 정해지는 거야.

돌연변이라는 것은 이 DNA의 변형에 의해서 일어나는 건데 설령 이것이 자외선만큼의 에너지를 받아서 유전자 변형이 일어난다고 하더라도 유전자 복구를 담당하는 단백질이 있어서 쉽게 일어나지 못해. 그런데 만약 에너지가 더 높은 방사선이 우리 몸을 통과한다면 DNA가 끊길 수 있어. 그래서 유전자를 복구하는 단백질이 반응하는데 단백질이 만약 DNA 복구를 불완전하게 진행하면 바로 이것이 돌연변이야.

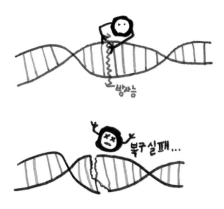

영화에 나오는 히어로는 아마도 이 돌연변이가 우연히 일반인보다 더 강한 유전자를 만들어내며 탄생하는 것일 거야.

당연히 그럴 확률은 하늘에서 음식이 떨어질 만큼 작지. 그러니 만약 네가 방사능에 뛰어들어서 슈퍼히어로가 되고 싶다면, 온몸이 암투성이가 될 각오는 해야 해.

◈ 무한 동력이 가능할까?

우리 모두 밥을 먹고 살지?

이런 것처럼 모든 것은 에너지를 공급해줘야 움직일 수 있어.

그렇다는 것은 어떤 것을 움직이게 한다는 일엔 에너지가 필요하다는 거야.

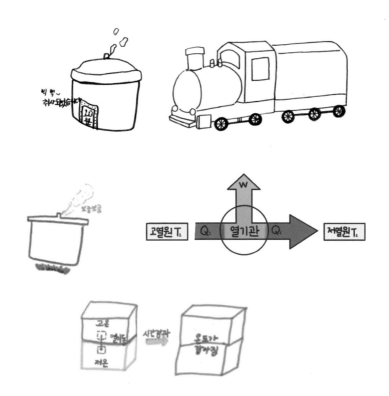

열역학이라는 것은 물리학의 한 영역인데 이것은 우리 세상 모든 것에 적용되고 있고, 실제 우리 주변에 볼 수 있는 것들이 많아.

열역학 제1 법칙, 즉 에너지 보존 법칙, "한 계에서는 에너지의 총합이 일정하다"라는 말은 에너지의 공급이 없을 때 한 계에서는 에너지는 형태만 바뀔 뿐 생기거나 사라지지 않는다는 말과 같아. 그러면 당연히 평지 위에 아무런 힘을 가하지 않은 물체는 움직일 수도 없다고 생각할 수 있겠지? 그렇다면, 아무런 에너지 공급 없이 물체를 영원히 운동시키는 것이 가능할까?

최근 개발된 엔진만 하더라도 40%가 굉장히 효율적이라고 알려졌어. 이런 사례만 보더라도 공급되는 에너지를 모두 사용하는 것도 힘든 것 같은데, 근데 과연, 영원히 움직이는 무한 동력기관, 즉 영구기관이 작동하는 게 가능할까?

• 공짜에너지의 꿈, '영구기관'

화석연료를 태우지 않고도 에너지를 얻을 수 있다면 얼마나 좋을까? 환경도 지키며 영원히 에너지를 얻는 것이 인류의 영원한 꿈이지만 자연법칙상 이루어질 수 없다고 해. 그럼에도 불구하고 진짜 만일 영구기관이 실현된다면 인류의 삶을 근본적으로 개선할 수 있고 큰돈을 벌수 있을 거라는 생각에 많은 사람들이 영구기관에 오랜 시간 도전하고 있다고 해.

쉽게 말해 자동차엔진이 영구기관이라면, 폐차할 때까지 기름값 걱정 없이 마음대로 차를 굴릴 수 있을 거야. 그렇다면 당연히 발명하면 끝장나겠지? 과연, 영구기관이 정말 불가능할까? 결론적으로는 영구기관은 에너지 보존의 법칙 등 열역학법칙에 위배되므로 불가능해.

물론 열역학법칙이 틀렸을 수도 있지. 그러나 이들 법칙은 현 과학기술의 근간을 이루고 있으며, 지난 몇백 년간 과학연구 현장이나 건설 현장, 제조 공장 등지에서 끊임없이 검증돼 오며 이 법칙들이 틀림없음을 보증해주고 있어. 만약 실제 작동하는 영구기관이 만들어진다면 인류가 쌓아온 부분의 과학기술은 전면 재검토돼야 하고 우리가 지금까지 배워온 과학이 틀렸다는 소리가 되겠지.

앞서 말한 것처럼 과학이 재조정이 될 수 있기 때문에 영구기관에 대한 궁금증은 끊이지 않고 있어.

지금 과학 이론에 의하면 영구기관이 불가능하다고 하지만 나는 개인적으로 효율이 엄청 높아서 영구기관에 가까운 에너지 생성 기관을 만들 수 있다고 생각하고 있어.

윌킨스가 '자석을 이용한 영구기관'이라고 주장한 이 물건을 보면 가능하다고 생각할 수도 있을 것 같아.

하지만 그 원리를 따져보고 실제 작동 결과를 보면, 이 장치에서 경사면 끝에 있는 강력한 자석에 의하여 아래에 있는 쇠공이 끌려 올라가고, 올라간 쇠공이 경사면 끝에 있는 구멍으로 빠져 아래로 떨어지면서 바퀴를 돌린다

는 원리인데, 자석에 의하여 올라간 쇠공은 구멍이 있어도 아래로 떨어지지 않고 자석에 붙게 돼서 윌킨스가 주장한 영구기관은 인정받지 못했어. 아직도 무에서 유를 창조하는 영구기관은 나오지 않았으니 우리 꿈나무들이 나중에 지구를 살리는 엄청난 효율을 자랑하는 기관을 발명해서 너희들의 이름을 세상에 알렸으면 해.

◈ 투명망토, 그 모습을 드러내다!

해리포터에서 종종 나오는 투명망토는 우리한테 있으면 정말 좋을 것 같은 탐나는 물건인데, 이것을 두르면 그 안에 있는 것은 무엇이든지 우리 눈에 보이지 않게 되니 엄청 신기하고 믿어지지 않아. 최근에 실제로 미국에서 개발되었다는 소식이 있는데, 그렇다면 투명망토의 원리는 무엇이고, 어떻게 마법인 줄만 알았던 투명망토가 실현된 걸까?

먼저, 우리가 물체를 볼 수 있는 원리는 물체에서 반사된 빛이 우리 눈에 들어와 그 물체를 인식하는 거야. 근데 만약 빛이 그 물체에 반사되지 않고 휘돌아 가게 만들면 우

리는 그 물체를 보는 대신에 그 물체 뒤의 사물을 보는 방식이 되는데, 이것을 가능하게 하는 것이 '메타물질'이라는 거야.

쉽게 말해 메타물질이란 메타원자의 주기적인 배열로 이루어진 가상의 물질이라고 해. 이것은 자연에서 발견할 수 없기 때문에 인공적으로 설계해서 만들어진 물질이지.

이 메타물질에는 특별한 성질인 빛의 '음의 굴절'이 있기 때문에 투명망토가 현실화된 것이야.

먼저 용어를 정리하자면, 빛이 물체에 비추어질 때 빛이 들어오는 각을 입사각, 굽어지는 각을 굴절각이라고 해. 실제로 투명망토는 메타물질의 굴절각을 이용한 물질이지.

굴절되는 정도를 나타내는 것이 바로 굴절률인데 메타물질은 이 굴절률이 마이너스(-) 값이 되는 물질이야. 일반적인 물질들은 빛을 투과시키거나 굴절시킬 경우 굴절률이 양의 방향으로 일어나지만, 메타물질은 음의 방향으로 일어난다는 거야.

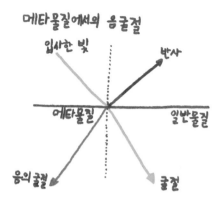

메타물질은 여러 분야에서 많이 적용되고 있는데, 빛뿐 아니라 전자
파, 음파 등 일반적인 파동의 전파를 재단할 수 있어서 스텔스 기능[1]의
적용이 가능해. 이를 이용해서 투명전차나 투명전투기를 실현할 수 있
다는 것은 전쟁의 판도를 바꿀 수 있는 획기적인 기술이기 때문에 국가
적으로 기술선점 경쟁이 치열해지고 있어.

---

1) 좁은 의미에서는 상대의 레이더망에 포착되지 않은 은폐 기능을 말한다. 주로 항공기나 함정
에 적용되고 있다.

– 글을 마치며···

우리 주위의 모든 것들은 과학으로 탄생하고 발전해 왔습니다.

과학이 없었다면 우리 삶의 질은 지금처럼 향상되지 못했을 것입니다. 여러분은 원자 같은 아주 작은 세계를 다루는 것에 대해 어떻게 생각하시나요? 저는 과학에서 왜 이런 분야가 존재하는지 처음엔 이해가 안 갔었습니다.

하지만 사실은 이런 분야가 발전하지 못했다면 우리들이 사용하는 전기, 옷, 그리고 병원에서 받는 치료까지 발전상황이 모두 열악했을지도 모릅니다.

어느 약사가 불에 대한 궁금증에 우연히 발명한 성냥 하나처럼 인류의 필수 불가결한 물건을 만들어냈던 이러한 사건은 모두 하나의 호기심에서 비롯된 것입니다.

호기심이라는 것은 발전의 시작입니다.

발전을 멈추지 않기 위해서는 호기심을 멈추지 마세요!

이 책을 읽고 주변 곳곳에 녹아있는 과학의 원리를 찾아보는 재미를 느끼셨으면 합니다.

쌀밥 같은 경제

금융기업 CEO 김다함

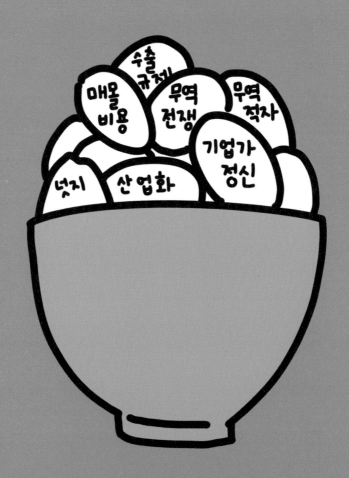

◈ 차가운 경제와 따뜻한 인간의 만남

우리는 흔히 경제를 차갑고 계산적이라고 생각합니다.

하지만 경제는 차갑고 계산적일지라도 인간은 항상 차갑고 계산적이지는 않습니다. 인간은 경제를 이용하여 기업을 경영하고 성장시키기도 하고 삶 속에 적용하여 이익을 보기도 합니다. 저는 우리가 아는 차가운 경제뿐만 아니라 인간과 어우러지는 경제를 국가, 기업, 개인적 측면에서 바라보고 기업가 정신을 다뤄보겠습니다.

◈ 쌀밥 같은 실생활 속 경제

쌀밥을 먹으면 우리는 힘이 납니다. 쌀밥 없이 한식을 논할 수 없듯이 경제 없이는 삶을 논할 수 없습니다. 쌀밥을 먹으면 힘이 나듯이 튼튼한 경제는 기업을 발전시키고 발전한 기업은 경제를 더욱더 튼튼하게 만듭니다. 우리가 쉽게 접할 수 있고 실생활과 기업에서 사용되고 있는 경제 원리에 대해 알아보도록 하겠습니다.

• 하나. 인간의 후회, 매몰비용– 기업

매몰비용이란 이미 지출해서 회수할 수 없는 비용을 말합니다. 이미 배달을 시켜서 집에 온 치킨에 대한 치킨 값도 매몰비용입니다. 우리는 생활 속에서 '매몰비용의 오류'를 많이 저지르는데 매몰비용의 오류란 이미 실패한 또는 실패하리라 예측되는 일에 시간, 노력, 돈을 투자하는 것을 말합니다.

기업에서의 매몰비용의 사례로는 콩코드의 오류를 들 수 있습니다. 보드게임 부루마불에도 나오는 콩코드 여객기는 세계에서 가장 빠른 여객기였으며 최대시속 2,500km로 일반 여객기의 2~3배 속도로 움직일 수 있었습니다.

하지만 가격이 일반 비행기보다 15배나 비쌌고 연료 소비와 소음 또한 커서 당시 콩코드 여객기는 사업성이 없었습니다. 하지만 영국과 프랑스는 1조가 넘는 개발 비용이 아까워 3년간 계속해서 콩코드 여객기를 생산하였고 항공사들은 비행기를 운항시켜 막대한 손실을 보았습니다.

도박에 전 재산을 탕진하면서까지 도박을 계속하는 사람들은 자신이 원래 가졌던 본전을 찾기 위해 계속 도박의 늪에 빠져드는 것이 대부분이라 합니다. 실패하리라 판단된다면 본전을 찾기 위해 계속 밀어붙이는 것보다 깔끔하게 포기하여 매몰비용의 오류에 빠지지 않도록 해야 할 것입니다.

• 둘. 쿡쿡 찔러보는 넛지(행동경제학)- 개인

 넛지(Nudge)란 무엇일까요? 넛지의 뜻은 "팔꿈치로 쿡쿡 찌르는 정도
의 부드러운 개입"이라는 뜻입니다. 넛지라는 개념은 우리가 흔히 생각
하는 전통경제학의 오류를 보완해줍니다. 부드러운 유도를 통해 자신
이 얻고자 하는 바를 얻을 수 있습니다. 예를 들면 맥도날드에서 햄버
거 사이즈를 물을 때 "크기는 무엇으로 하시겠습니까?"라는 말보다 "라
지 사이즈로 하시겠습니까?"라고 했을 때 라지 사이즈를 사람들은 많
이 구매했습니다.

　저도 실제로 실험을 해 보았는데요. 친구에게 매점에서 간식을 사 달라고 부탁할 때 "이거 사줄래?"라고 물어보는 것보다 "음료수랑 아이스크림 중 무엇을 사줄래?"라고 물어봤을 때 친구가 제가 원하는 행동을 할 확률이 높았습니다.

　이는 인간이 수요와 공급 곡선을 따라 계산하고 항상 자신의 이익을 추구하며 합리적인 소비를 할 것이라고 기대하는 기존의 경제학과 상반되는 내용입니다. 넛지는 인간의 비합리적인 선택을 포함해 경제를 바라보게 해주었고 이는 행동경제학[1]과 많은 연관이 되어 있습니다.

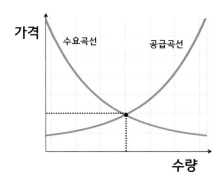

---

1) 인간의 실제 행동을 심리학, 사회학, 생리학적 견지에서 바라보고 그로 인한 결과를 규명하는 경제학의 한 분야다.

미국 초등학교 급식실에서 아이들에게 채소를 먹으라고 강요했을 때보다 아이들이 쉽게 볼 수 있고 집을 수 있는 곳에 채소를 놓고 잘 보이지 않는 곳에 기름진 음식을 두었을 때 채소의 섭취량이 더 늘었습니다. 강요가 아닌 부드러운 유도로도 원하는 바를 이루어 낼 수 있다는 것입니다.

수요와 공급곡선과 같이 그래프로 표현되고 수학적인 경제학도 중요하지만 우리는 인간이기 때문에 그래프만으로 판단될 수 없습니다.

왜냐하면, 인간의 선택은 심리에 따라 좌우되는 경우가 많고 인간은 합리적임과 동시에 비합리적이기 때문입니다. 이러한 인간의 비합리성을 바탕으로 한 넛지라는 경제개념은 우리 생활 모든 곳에서 사용 가능합니다. 우리는 이러한 넛지를 잘 활용하여 이익을 얻어야 할 것입니다.

◈ 경쟁과 공존의 국가 간 경제

21세기 국가 간의 경제는 밀접하게 연결되어 있습니다. 만약 대한민국이 무역을 하지 않는다면 몇 달도 버티지 못할 것입니다. 우리는 경제

특히 국가 간의 경제를 잘 이해해야 합니다. 경제는 쌀밥과 같습니다. 든든한 밥은 우리를 보호해 주고 우리가 일어날 힘을 주는 것과 같이 경제도 마찬가지이기 때문입니다. 이번 주제는 2019년 뜨거운 이슈인 한일 무역전쟁을 예시로 들어, 국가 간 경제에서 가장 중요한 무역을 다뤄 보도록 하겠습니다.

• 하나. 무역전쟁이란?

각국이 서로의 무역을 해치기 위해 서로 수입 제한을 가하는 경제적 갈등을 무역전쟁이라고 말합니다.

미국이 중국으로부터의 막대한 무역적자와 기술 유출 등을 이유로 40조 정도 되는 중국산 수입 품목에 관세 25%를 부과하며 시작된 미·중 무역전쟁 그리고 한국 대법원 강제징용피해자 배상 판결에 일본이 일으킨 무역 보복으로 인해 한국이 대응하며 시작된 한일 무역전쟁을 예로 들 수 있습니다.

• 둘. 한일 무역전쟁의 배경은?

　한국 대법원은 강제징용 피해자 배상 판결을 일본기업에 요구했고 일본은 1965년 한일 청구권 협정에 의해 모두 해결되어 배상 판결이 없다고 주장하고 있습니다. 또한 일본은 한국의 핵심 산업이자 수출 1위 품목인 반도체(수출의 17~25% 차지)를 공격하기 위해 반도체 공정에 꼭 필요한 리지스트, 에칭 가스, 플루오린 폴리이미드 등 일본이 세계시장 70~90%가량을 점유하는 품목 수출을 중단해 한국의 반도체 산업에 타격을 주고 있습니다. 게다가 일본은 한국을 화이트리스트[2] 국가에서 제외해 기존에 한국이 일본 간의 무역에서 받던 혜택을 줄이고 일본이 한국에 일본 제품을 수출할 때의 절차를 복잡하고 까다롭게 하였는데 이렇게 수출이 제한된 품목이 2,000가지에 달해 대한민국의 수많은 산업에 영향을 미칠 것이라고 예상됩니다.

• 셋. 승자는 누구?

　이러한 무역전쟁이 계속된다면 어떨까요? 한 나라가 다른 나라에 무역 제재를 가하고 서로 싸우는 것은 두 나라 모두에게 손해가 될 수밖에 없습니다.

---

2) '안전 보장 우호국'이라고 하며, 자국의 안전 보장에 위협이 될 수 있는 첨단 기술과 부품 등을 수출할 때, 수출 허가 절차에서 우대해주는 국가를 말한다.

한국의 경우, 입게 될 피해가 주력산업인 반도체를 비롯한 많은 분야가 위협받을 우려가 있다는 것입니다. 무역전쟁 전 한국은 일본의 우수한 소재 부품 분야의 기술력을 기반으로 한 제품들을 싼값에 수입하였습니다. 한국과 일본이 서로 가까워 운송비가 매우 저렴하고 한국과 일본의 많은 기업들이 서로 협력해왔기 때문입니다. 따라서 서로 간의 무역이 제한된다면 한국의 많은 산업 분야가 위협받을 수 있습니다.

일본의 피해로는 한국의 대기업들에 부품을 거의 100% 납품하던 일본 반도체 부품기업들이 큰 위기에 직면하게 될 것입니다. 일본 소재 부품 관련 기업들은 한국에 많은 장비, 소재, 부품들을 수출함으로써 한국의 대기업이 성장하면 일본의 부품기업도 성장하는 상생의 관계를 맺고 있었기 때문입니다.

또한, 한국의 기업들이 이번 사건을 계기로 일본 정부와 기업을 불신하게 되어 소재와 부품을 일본이 아닌 한국의 중소기업 제품으로 사용하거나 일본이 아닌 제3의 국가에서 구하도록 하고 있어 일본의 소재 부품 기업들과는 달리 한국의 소재 부품 기업들은 반사이익[3]을 보고 있습니다. 지금 상황을 그림으로 간략히 나타내 보겠습니다.

---

3) 법률이 공익을 보호하기 위하여 어떠한 규제를 함으로써 일반인들이 간접적으로 누리게 되는 이익.

• 넷. 한국과 일본의 수출구조는?

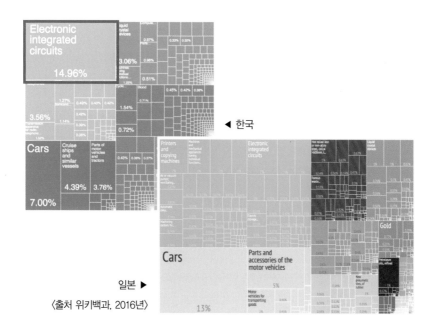

◀ 한국

일본 ▶

〈출처 위키백과, 2016년〉

위 자료를 보면 한국의 수출구조에서 반도체가 가장 큰 비중을 차지함을 알 수 있습니다. 2016년 기준 15%이고 현재는 17~25% 정도를 차지합니다. 반면 일본은 각종 소재와 부품 분야에서 강세를 보입니다. 따라서 우리나라의 반도체 산업이 잘될수록 일본으로 수입하는 소재 부품이 많아져 일본과의 무역적자도 더 심화되는 구조입니다.

위 그림과 같이 한국은 일본에 연간 20조 상당의 무역적자를 보고 있습니다. 쉽게 말해 한국이 일본에 1년에 20조씩 돈을 주는 것입니다.

〈10대 무역수지 적자국. 출처 관세청, 2018년〉

자료를 보면 석유를 수입하는 우리나라와 산유국 간에 발생하는 무역적자보다 일본에 더 많은 무역적자를 보고 있다는 점은 한국의 부품, 소재, 장비 산업이 일본에 많이 뒤처져있는 현실을 보여줍니다.

〈출처 무역협회, 2018년〉

우리나라는 특히 반도체 제조 장비를 일본에 많이 의존하고 있어 일본은 한국의 반도체 산업에 직접적인 타격을 주기 위해서 반도체 소재, 부품 수출금지를 한 것으로 볼 수 있습니다.

다음 주제에서 저는 반도체와 같은 대한민국의 산업을 이끌어나가는 한국의 기업가 정신과 제 꿈에 대해서 글을 이어나가도록 하겠습니다.

◈ 기업가 정신과 나의 꿈

　기업가 정신이란 무엇일까요? 사회 교과서에서 서술하는 기업가 정
신이란 경영인이 이윤을 창출하면서도 사회적 책임을 잊지 않는 정신
을 말합니다. 이러한 기업가 정신 덕분에 우리는 수많은 기업의 좋은 제
품들과 서비스를 누릴 수 있게 되었죠. 제 꿈은 금융 기업 CEO가 되어
서 대한민국의 금융 산업을 발전시키는 것입니다. 제가 사업에서 성공
하기 위해서는 앞에서 탐구해보았던 경제 분야도 잘 알아야 하지만 집
단을 조직하고 이끌어나가는 능력 또한 매우 중요합니다. 저는 현대그
룹 故 정주영 회장(鄭周永, 1915년 11월 25일-2001년 3월 21일)의 일화
를 들어 대한민국의 산업화에 크게 이바지한 정주영 회장의 기업가 정
신에 관해 설명하며 글을 마치고자 합니다. 1970년대 정주영은 건설업
에서 성공을 맛본 후 조선 사업을 하고 싶었습니다. 그의 꿈은 돈도 기
술도 없는 현대가 세계 최고의 조선소를 가지는 것이었죠.

　먼저 그는 돈을 빌리기 위해 유럽에 갔습니다. 유럽은행들은 당연히
돈을 빌려주지 않아 정주영은 기술보증을 받기 위해 유럽 조선소들을
찾아다녔지만 모두 한국의 조선기술에 보증해주지 않았습니다. 그러

자 그는 500원짜리 지폐
에 그려져 있던 거북선을
보여주었습니다. "우리는
500년 전에 철갑선을 만

들었다. 이는 영국보다 삼백 년이 앞선 것이다. 산업화가 늦어진 것뿐 잠재력은 충분하다. 돈을 빌려 달라, 우리는 할 수 있다." 그 말을 듣고 영국의 롱바통 회장은 감명을 받아 영국 버클레이 은행 총장과 정주영의 만남을 주선했고 은행 총장으로부터 배를 사줄 사람을 구하면 돈을 빌려주겠다는 약속을 받아냈습니다. 이는 완곡한 거절의 뜻이었을지도 모릅니다. 하지만 정주영은 그리스 해운업계 회장에게 울산 미포만의 초라한 백사장 사진과 빌린 유조선 도면을 보여주며 말했습니다. "당신이 배를 구매하겠다고 하면 이를 담보로 영국으로부터 돈을 빌리고 빌린 돈으로 기계도 사고 조선소를 짓고 그 조선소에서 배를 만들어서 주겠다." 그는 이른 시일 안에 이 터무니없는 약속을 지키기 위해 세계 최초이자 마지막으로 조선소를 지으며 동시에 배를 만들었습니다. 이렇게 시작한 조선소는 결국 세계 최대 규모의 조선소가 되었습니다.

〈출처 오마이뉴스〉

저는 정주영 회장의 기업가 정신처럼 어떠한 일 앞에서도 된다는 확신을 가지는 사업가가 되고 싶습니다.

'이봐 해봤어?'라는 정주영 회장의 명언이 있습니다. 그는 이러한 뚝심으로 일했고 결국 성취해냈습니다. 그의 기업가 정신을 본받아 힘든 일이 생겼을 때 포기하지 않고 묵묵히 밀고 나아가는 사람이 돼야겠다고 다짐해 봅니다.

— 글을 마치며···

　기업 경영은 경제와 밀접한 관련이 있습니다. 앞서 이야기했던 한·일 무역전쟁과 같은 상황에서 삼성과 SK 하이닉스는 그 어느 때보다 유연한 경영을 통해 경제적 위기를 헤쳐나가야 한다고 생각합니다.

　우리나라는 특히 제조업 기반의 수출주도형 국가이기 때문에 경제 경영에 대한 깊은 이해와 관련 인재를 키워내는 것이 중요합니다.

　저는 책을 쓰면서 경제와 경영에 관한 내용을 좀 더 쉽게 설명해보고자 했습니다. 이 글을 읽고 여러분이 경제나 경영에 대해 어렵게 생각하지 않고 좀 더 열린 시각으로 바라보길 바랍니다. 그리고 경제 이슈나 기업에 관한 내용에 관심을 가졌으면 합니다. 그럼 이것으로 글을 마치겠습니다.

누워서 삼각함수 먹기

초등교사 김수경

　교육부가 새롭게 내놓은, 문과와 이과가 통합된다는 2015 개정 교육과정에 대해 들어본 적이 있으신가요? 2015 개정 교육과정 중 사람들의 관심을 끈 개정사항은 바로 문과와 이과가 통합된다는 사실이었습니다. 이는 곧 많은 사람에게 이슈가 되었고 학생들의 교육은 어떻게 진행될 것인가, 학생들에게 선택의 폭이 넓어져서 좋은 거 아닌가? 라는 등의 다양한 반응들이 인터넷을 떠들썩하게 만들었습니다.

　고등학교에서 문과와 이과가 통합됨에 따라 제가 가장 걱정했던 점은 바로 '문과와 이과가 같은 내용의 수학을 배울 수 있나?'라는 부분이었습니다. 특히 2009 개정 교육과정 중 이과가 배우던 '미적분 Ⅱ', '기하와 벡터'를 문과 학생들이 과연 배울 수 있냐는 걱정이 앞섰습니다. 다행히 앞서 언급한 과목은 학생의 과목 선택권을 확대한다는 명분으로 진로나 적성에 따라 고등학교 3학년 때 '미적분 Ⅱ', '기하와 벡터'를 선택할 수 있다는 대안이 2015 개정 교육과정에 있습니다. 또 전에 이과만 배우던 수학의 일부분이 문·이과 통합 교과인 수학1에 오게 되었습니다. 이렇게 교육과정에 커다란 바람이 불어온 만큼 학생들의 부담도 점점 커진다고 생각했고 2019년에 고등학교 2학년이 되는 학생들은 새로운 교육과정의 첫 학생이 된다는 부담감, 전에는 배우지 않았던 내용을 처음 접하는 불안감 등 교육과정이 개정되면서 많은 생각을 했을 것입니다. 교육과정이 개정됨에 따라 문제집도 늦게 손에 넣을 수 있었던 학생들은 늦었다는 불안감에 수학을 공부하는 방법을 스스로 깨우치지 못하고 사교육에만 의존하는 모습을 보였습니다. 저도 옆에서 그런 친구들을 많이 봐왔고, 그런 친구들이 안타까웠습니다. 그래서 제가 사교육을 받지 않고 자기 주도 학습을 통해 수학을 공부했던 기억을 되살려 수학을 공부하는 방법을 담은, 쉽고 이해하기 쉬운 수학 참고서를 만들어 학생들에게 조금이나마 도움이 되었으면 하는 마음으로 이 글을 쓰게 되었습니다.

수학의 어느 분야를 골라 글을 써볼까 고민하던 중 제가 학교 내에서 수학 멘토링 활동을 할 때 용어가 어렵고 멘티가 제 설명을 들어도 가장 이해하기 힘들어했고 말만 해서는 이해시키기 힘들었던 부분인 '삼각함수'가 떠올랐고 이번에 수학 참고서를 편찬하며 삼각함수에 대해 전체적으론 이해하지 못하더라도 삼각함수가 무엇인지 쉽게 이해할 수 있게 하고 싶어 많은 고등학교 수학 파트 중에 삼각함수를 고르게 되었습니다.

"수학에게, 삼각함수에 다가가기 힘든 학생들에게
제 글이 조금이라도 도움이 되었으면 하며…."

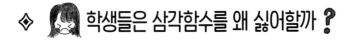

◈ 학생들은 삼각함수를 왜 싫어할까 ❓

　삼각함수에 대해 본격적으로 공부하기 전에 2019년 현재 고등학교 2학년에 재학 중인 친구들에게 삼각함수에 대해 어떻게 생각하는지 물어보았고 그중에서도 삼각함수에 대해 부정적인 생각을 하는 친구들에게 왜 삼각함수에 대해서 부정적으로 생각하는지 그 이유를 물어보았습니다.

> 1. 삼각함수 그래프를 보고 있으면 머리가 터질 것만 같다.
> 2. 삼각함수를 이해하려고 해도 잘 모르겠다.
> 3. 삼각함수 기호를 보기만 해도 화가 난다.
> 4. 생소한 기호들이 우르르 쏟아지니까 이해가 되지 않는다.
> 5. 삼각함수 그래프가 기존의 그래프와 뭔가 달라서 어색하다.

　이렇게 학생들이 수학, 그 안에서도 삼각함수에 대해 부정적으로 생각하는 이유가 그들 나름대로 있었습니다. 수학은 괜찮으면서, 그 안에서 삼각함수에 대해 부정적으로 생각하는 친구들은 많지 않았고, 대부분은 수학에 안 좋은 기억이 있는 상태에서 삼각함수에 대한 질문을 받으니 부정적으로 생각하는 경우였습니다. 이렇게 수학이라는 과목을 처음부터 어렵다고 자신 나름의 기준을 정해 놓고 삼각함수를 바라보니 학생들이 삼각함수에 대해 부정적으로 생각하는 경우가 종종 있습니다. 또 삼각함수에 대한 마음의 문을 닫아버려 삼각함수가 들어갈 틈을 주지 않는 경우도 종종 있습니다. 삼각함수에 대해 부정적으로 생각해도 만약 삼각함수와 친해지려는 마음이 여러분의 가슴속 한편에 있다면 수학에 대한 편견을 어느 정도 버리고 삼각함수가 들어갈 마음의 문을 열어두어야 합니다.

◈ 사인함수의 그래프 ($y = \sin x$)

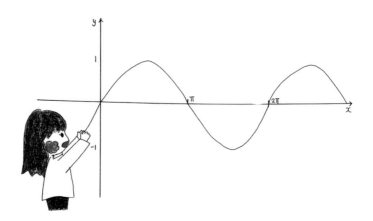

$y = \sin x$ 그래프의 특징

① 정의역: 실수전체 , 치역 $\{y|-1 \leq y \leq 1\}$
② 원점에 대하여 대칭 → $\sin(-x) = -\sin x$ (기함수)
③ 주기가 2π인 주기함수

고등학교 수학선생님의
소소한 TIP

연정 T

사인함수는 (-) 마이너스 기운을 뱉어내는 기특한애!
함
수

가볍게 푸는 (문제) 1) 사인함수 그래프의 성질을 이용하여 다음 삼각함수의 값을 구하시오

① $\sin \frac{37}{6}\pi$

② $\sin \frac{15}{4}\pi$

(풀이) ① $\sin \frac{37}{6}\pi = \sin(6\pi + \frac{\pi}{6}) = \sin \frac{\pi}{6} = \frac{1}{2}$　　　정답 $\frac{1}{2}$

사인함수 그래프는
주기가 2π야!!

② $\sin \frac{15}{4}\pi = \sin(4\pi - \frac{\pi}{4}) = -\sin \frac{\pi}{4} = -\frac{\sqrt{2}}{2}$　　　정답 $-\frac{\sqrt{2}}{2}$

✱ 혹시 까먹었나요? 중학교 3학년 수학개념 ！

함수 ＼ 각	0°	30°	45°	60°	90°
$\sin\theta$	0	$\frac{1}{2}$	$\frac{\sqrt{2}}{2}$	$\frac{\sqrt{3}}{2}$	1
$\cos\theta$	1	$\frac{\sqrt{3}}{2}$	$\frac{\sqrt{2}}{2}$	$\frac{1}{2}$	0
$\tan\theta$	0	$\frac{\sqrt{3}}{3}$	1	$\sqrt{3}$	X

◈ 코사인 함수의 그래프 $(y = \cos x)$

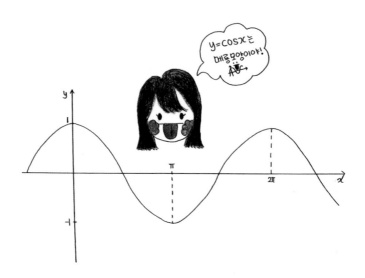

$y = \cos x$ 그래프의 특징

① 정의역: 실수전체, 치역 $\{y \mid -1 \leq y \leq 1\}$

② y축에 대하여 대칭 → $\cos(-x) = \cos x$ (우함수)

③ 주기가 2π인 주기함수

이정도는 누워서 푸는 2) 다음 식의 값을 구하시오

$$① \quad 2 \times \sin \frac{9}{4}\pi + 8 \times \cos \frac{13}{6}\pi$$

(풀이) $2 \times \sin\left(2\pi + \frac{\pi}{4}\right) + 8 \times \cos\left(2\pi + \frac{\pi}{6}\right)$

$2 \times \sin\frac{\pi}{4} + 8 \times \cos\frac{\pi}{6}$

$2 \times \frac{\sqrt{2}}{2} + 8 \times \frac{\sqrt{3}}{2} = \sqrt{2} + 4\sqrt{3}$
　　　　　　　　　　　　　　　　정답 : $\sqrt{2} + 4\sqrt{3}$

사인 코사인 함수, 이렇게 공부해봐!

① 백지를 준비한다 (이면지도 OK!)
② 책을 보지 않고 그래프를 그린다
③ 각각 그래프의 특징도 아는만큼 써준다
★④ 책을 다시 펼친후 자신이 쓴 것과 비교해 틀렸거나 못쓴부분을 색깔펜으로 적어준다
⑤ 색깔펜이 없어질때까지 반복하면 여러분도 삼각함수 개념 정복!
❋ 이 공부법은 수학이 아니더라도 다른 과목 공부할때 유용하니까 알아두기!!

◈ 더 먹고 싶어, 삼각함수

일반적으로 함수 $y=f(x)$의 정의역에
속하는 모든 x에 대하여
$f(x+P)=f(x)$ 를 만족시키는
0이 아닌 상수 P가 존재할때
함수 $y=f(x)$를 주기함수라 하고
여기서의 P를 주기 라고 한다.

$y=\sin x$, $y=\cos x$ 의 그래프의
주기는 2π 이다
    ↳ 그래프 모양이 2π 간격으로
        반복된다.

즉, 임의의 실수 x에 대하여
$$\left(\begin{array}{l}\sin(x+2n\pi)=\sin x \\ \cos(x+2n\pi)=\cos x\end{array}\right) \text{ 가 성립!}$$
    ⊛ n은 정수

$$\text{육십분법} \xrightarrow[\times\frac{180}{\pi}]{\times\frac{\pi}{180}} \text{호도법}$$

$$30° = 30 \times \frac{\pi}{180} = \frac{\pi}{6}$$
$$45° = 45 \times \frac{\pi}{180} = \frac{\pi}{4}$$
$$60° = 60 \times \frac{\pi}{180} = \frac{\pi}{3}$$
$$180° = \pi \quad , \quad 360° = 2\pi$$

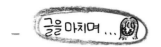

생각이 바뀌셨나요? 수학의 많은 부분 중 삼각함수를 고른 이유를 앞서 언급했었는데 삼각함수라는 부분이 결코 쉬운 부분은 아닌데도 마지막 이야기까지 읽어주셔서 감사합니다. 수학에 관한 글을 쓰면서 수학이라는 과목과 더 친해지고 알아가는 시간을 가지게 되어 정말 뜻 깊었습니다. 요즘 초등학생 때부터 '수학 포기자'가 늘고 있다는 기사를 보았는데 제가 미래에 초등교사란 꿈을 이루게 되었을 때 '누워서 삼각함수 먹기'처럼 수학을 쉽게 글로 풀어내고 그림과 함께 설명해 준 경험을 생각하면서 미래 제 학생들에게 수학은 결코 다가가기 어려운 과목이 아니라는 것을 알려주고 싶었습니다.

사실 저도 중학생 때부터 고민 중 하나가 수학이었는데 수학을 열심히 공부한 것 같아도 막상 시험을 보면 손이 떨리고 머릿속이 하얘져서 결국 시험 성적이 제가 생각한 만큼 나오지 않는다는 고민이 있었습니다. 이러한 고민을 속으로만 삼키고 결국 포기하려 하는 것보단 그 과목에 대해 더 알아가 보려고 노력하고 어떻게 하면 내가 그러한 고민을 해결할 수 있을까 시도해보려고 노력하는 것이 고민을 넘어서고 더 성장할 수 있게 만드는 계기가 될 것입니다. 저 같은 경우에는 시험 며칠 전에 시험 보는 시간과 문제 수를 실제 시험과 똑같이 정해두고 모의시험을 몇 번 보아 시험에 대한 긴장감을 풀어주는 노력을 통해 결국 수학 성적이 한 등급 올라가는 결과를 얻게 되었는데 여러분도 제 글을 읽고 자신에 대해 혼자서 생각해보는 시간을 가져 마음에 남아있는 고민을 넘어서는 사람이 되었으면 좋겠습니다. 마지막으로 지난 1년간 제가 수학을 이해할 수 있도록 도와주신 신연정 선생님께 감사드리며 이 글을 마칩니다.

"고등학생 여러분,
미래에 여러분이 자신의 고등학교 생활을 뒤돌아보았을 때
결과에 후회하는 모습이 거의 남아있지 않는,
최선을 다하는 모습만 보이시길 바랍니다. 감사합니다."

자유학기제와
문, 이과 통합의
문제점에
자기 스스로
답하다

초등교사 김나희

◈ 속은 텅 빈 교육

　4차 산업혁명은 경제, 산업뿐만 아니라 교육에도 큰 영향을 끼치고 있으며 이에 따라 세계의 교육 트렌드가 변화하고 있다. 우리나라 역시 이와 같은 흐름을 따라 새로운 교육방식들을 시도하고 있다. 이로써 현재 가장 보편화된 교육으로는 '자유학년제'와 '문·이과 통합'이 있다.

Q. '자유학년제'와 '문·이과 통합'을 들어본 적이 있는가?
A. '자유학년제'는 시험을 보는 대신 다양한 진로 활동을 통해 꿈을 찾도록 돕는 제도이고, 문·이과 통합은 말 그대로 문과와 이과를 나누지 않고 통합하여 두 분야에 능통한 인재를 육성하는 제도이다.

Q. 1년을 시험 없이 논다면 다음 해는 누가 책임지나?
A. '자유학년제'의 경우 문제가 더욱 두드러지게 나타난다. '자유학년제' 시행 이후 중학교 과정을 제대로 공부하지 않은 학생들이 고등교육과정을 따라가기 힘들다는 점과 개설된 활동의 인원 제한 때문에 원하는 활동에 참여하지 못한다는 점, 학생들의 다양한 진로 분야를 전부 감당해내지 못해 일부만 실현한 점 외에도 여러 문제점이 수면 위로 떠오르고 있다.

지금까지 시행된 미래형 교육방식은 과거 교육과의 차별화를 시도 했다는 점과 일부 목표를 달성했다는 점에서 높게 평가되기도 하 지만 실제 학교에서는 미래교육의 예상치 못한 문제점들이 학생들 을 괴롭히고 있는 현실이다.

Q. 사회와 과학을 함께 선택할 수 없는 문·이과 통합?

A. '문·이과 통합'의 목표는 한쪽으로만 치우치지 않는 융합형 인재의 육성이었다. 그러나 문과는 이과 과목을, 이과는 문과 과목을 필 수로 배우게 되면서 전공과는 관련성이 떨어지는 과목일지라도 온 신경을 기울여 성적관리를 해야 하고, 이러한 점은 교과 성적 외에 도 많은 과제를 짊어진 학생들에게 부담감을 더한다. 또한, 통합 전 과 비교하면 많아진 과목 수도 학생들에게 부담으로 느껴진다.

Q. 그렇다면 이러한 문제점을 보완할 교육에는 어떤 것이 있을까?

A. 현재 학교에서 시행되는 교육방식 중 지금의 문제점을 가장 잘 해 결할 수 있는 교육은 '메이커 교육'과 '에듀테크'이다. '메이커 교육' 과 '에듀테크'는 누군가에겐 생소한 교육방식이겠지만 이어질 설명 이 여러분이 미래교육과 친근해지는 데 도움이 되길 바란다.

◈ 상상을 현실로 만들다- 메이커 교육

유발 하라리

"우리가 아이들에게 가르쳐 줄 가장 중요한 기술은 '어떻게 해야 늘 변화하며 살 수 있을 것인가'이다."

이 말을 잘 실현한 교육이 있다. 자신이 학습의 주체가 되어 상상한 것을 디지털 도구를 이용해 만드는 '메이커 교육'은 직접 제품을 설계하고, 제작하는 과정을 주로 다룬다. 이론을 먼저 배우고, 지식을 적용하는 기존의 방식을 벗어나 실제로 만들면서 지식을 습득하는 것이 이 교육의 원칙이자 목표이다.

• 놀면서 하는 수업

놀면서 공부하는 것이 가능할까?

모두 한 번쯤은 '게임처럼 공부가 재밌다면 열심히 할 텐데…'라는 생각을 해본 적이 있을 것이다. 영국의 한 학교는 시험을 보는 대신 도구

를 이용해 놀면서 문제해결력을 기르는 프로젝트를 진행하고 있다. 실제로 '놀면서 공부하기'가 이루어진 것이다. 이러한 프로젝트를 '팅커링(tinkering)'이라고 하는데, 여러 가지 도구를 이용하여 물건의 설계부터 제작까지 참여하는 활동이다. 이를 통해 미래사회에서 중시되는 창의성과 자율성을 기를 수 있다고 생각한다.

• 작은 컴퓨터, 아두이노

손바닥만 한 컴퓨터를 본 적이 있는가?

작은 판에 전선을 꽂아서 무언가가 작동할 힘을 주는 아두이노는 아직 많은 사람에게 알려지지는 않았지만 특이한 이름만큼 실제로 해본다면 큰 흥미를 느낄 수 있을 것이다. 아두이노를 이용하면 직접 부품을 조립하여 연결해보는 활동을 통해 모터가 돌아가는 방법이나 LED가 켜지는 원리를 두 눈으로 직접 보고 배울 수 있다. 그림으로만 보던 것을 직접 해보는 것의 효과는 억지로 머릿속에 집어넣는 것과 비교할 수 없이 클 것이다. 실제로 몇몇 학교에서는 아두이노를 이용하여 토양 수분 센서, 미세먼지 측정기, 온도 측정기를 만드는 등 다양한 활동을 하고 있으며 이 외에도 미니 자율 주행 자동차나 디지털시계와 같이 자신이 만들고 싶은 것들을 직접 제작하는 활동에도 활용하고 있다.

자신이 직접 만드는 사람이 되는 '메이커 교육'이야말로 이제 우리나라의 미래를 만들어갈 교육이 아닐까?

◈ 교육과 기술의 만남 - 에듀테크

2019년, 현재 전 세계에는 미디어의 발달과 함께 새로운 교육의 바람이 불고 있다. 에듀테크란 교육 시장이 직면한 문제를 IT 기술을 통해 해결하려는 시도로 '교육'(Education)과 '기술'(Technology)이란 단어를 합성한 것이다. 에듀테크의 여러 가지 사례 중 간단히 몇 가지를 소개하려고 한다.

• 새로운 시대의 교과서

학교에 교과서를 들고 다니지 않아도 된다면 어떨까?

여러분은 한 번쯤 교과서로 꽉 찬 가방이 무겁다고 생각한 적이 있을 것이다. 이제 어쩌면 가방에 교과서 한 권조차 없는 시대가 올지도 모른다. 종이책이 아닌 전자기기를 이용한 수업을 진행하게 된다면 실현될 이야기이다. 이 전자기기를 디지털 교과서라고 하는데, 디지털 교과서는 전자책의 기능을 할 뿐만 아니라 360도 카메라, 증강현실(VR), 가상현실(AR) 등을 이용한 수업을 가능하게 한다. 이제 무겁게 가방에 책을 바리바리 싸 들고 다니는 시대는 끝날지도 모른다.

• 로봇 선생님

학교의 선생님들이 로봇이라면 어떨까?

우리는 학교에 다니면서 한 번쯤은 다른 반에서는 해주신 이야기를 우리 반에서는 안 해주셔서 서운했거나, 나를 잘 기억하지 못하는 선생님께 속상했던 경험을 하고는 한다. 이 문제점을 한 번에 해결해 줄 선생님이 있다. 바로 AI 선생님 즉 로봇 선생님이다. 하지만 완벽할 것 같던 로봇 선생님도 사실 완벽하지는 않다. 깊은 공감능력을 가진 사람인 선생님조차 사춘기의 아이들을 다루고, 돌발 상황에 대처하기 힘들어한다. 그런데 로봇 선생님이 과연 할 수 있을까? 아마 힘들 것으로 예상한다.

◈ 내가 생각하는 미래교육은

나는 미래교육이 아직 시범단계이며 지금이 그 과도기라고 생각한다. 우리나라는 미래교육으로의 탈바꿈이 절실하다. 자원도 없고, 땅도 좁은 우리나라의 가장 큰 희망은 사람이었다. 많은 사람을 잘 교육해 고급인력을 만들어 세계의 경쟁 속에서 살아가는 일, 그것이 우리나라가 택한 방법이었다. 이 방법으로 우리나라는 빠른 속도의 경제성장을 이루었고, 아직 많은 사람이 공감하는, 살기 좋은 나라까지는 아니더라도 선진국의 반열에 이름을 올릴 만큼 성장했다. 그러나 먹고 살기가 중요했던 시기에 교육이 가져올 미래의 변화는 미처 고려하지 못했고, 공장에서 사람을 찍어내듯 학생들을 교육했다. 지금까지는 이 교육이 큰 문제를 가져오지는 않았지만 4차 산업혁명이 시작되는 지금은 다를 것이다. 점점 로봇이 사람의 일을 하게 되고, 사람의 고유한 영역이라고 생각했던 감정과 심리의 영역까지 로봇이 만들어지면서 기존의 사람들이 할 수 있는 일은 줄고, 앞으로도 줄어들 것이다. 이제 우리는 시시각각 변하는 시대에 뒤처지지 않을 능동적인 사람이 필요하다. 과거의 수동적인 교육으로 미래를 이끌어가기에는 역부족이라고 생각한다. 앞으로 펼쳐질 미래에는 교육이 모두의 꿈을 찾아주고, 모두가 행복하도록 만드는 그런 세상이 되면 좋겠다.

– 글을 마치며…

　책 하나를 완성한다는 것이 이렇게 힘든 일인 줄 몰랐다. 사실 나는 글 쓰는 것에 재주가 없다고 생각해 늘 자신도 없었다. 그래서 처음 이 동아리에 신청했을 때도 걱정이 앞섰다. 책을 쓰기 전 어떤 식으로 쓸지 주제를 정할 때부터 너무 어려웠지만, 선배들과 친구들의 도움으로 무사히 주제를 정했다. 주제를 정하고 내용 구상은 그나마 수월했지만, 그 뒤에 말투나 단어를 선정하기도 어렵고 힘들었다. 이렇게 힘들게 만든 책이어서 그런지 완벽하고, 잘 쓴 책은 아니지만 직접 내용을 조사하고 그 조사한 내용을 바탕으로 책 구성을 짜고, 글을 쓰고 책을 드디어 완성하니까 너무 뿌듯하다. 또, 삽화를 도와준 친구 유나에게도 고맙다. 그리고 이 동아리 활동을 1년간 하면서 많은 것을 배우고 느꼈다. 책을 출판하는 것이 그냥 글만 써서 되는 건 아니라는 것과 많은 사람의 노력이 필요하다는 것을 알게 되기도 하였지만, 특히 내가 절대 할 수 없다고 여겨온 것들도 용기 내서 시도해본다면 할 수 있다고 생각하게 된 점이 가장 큰 배움인 것 같다.

꿈이
나에게 준
무언가…

스마트 도시 설계사 강채은

◈ 프롤로그

    2019년 여름, 연도가 바뀔수록 대한민국엔 과거에는 볼 수 없었던 많은 과학기술이 등장하였고, 지역 곳곳에서는 미래도시, 스마트도시를 만들기 위해 정부나 건축사무소들이 끊임없이 노력을 하고 있다.

    한편, 발전하는 사회 속에서 사는 한 아이가 있다. 어렸을 때부터 그림 그리기를 좋아했고, 다른 학생들과 다르지 않게 노는 것을 좋아하는 평범한 학생이었다. 그녀는 아장아장 걷던 꼬마 시절부터 대한민국의 학생이면 누구나 거쳐 가는 수능을 준비하는 평범한 여고생이 될 때까지 같은 지역에서 살았다. 그곳은 2000년대 초반만 해도 높은 아파트들은 거의 보지 못하였고, 한창 개발이 되는 지역이었다. 하지만 시간이 지나면서 하나둘 높은 건물들이 들어서기 시작하였고, 지금은 다양한 아파트가 들어섰다. 그녀는 빠르게 발전하는 도시를 보면서 그곳에서 좀 더 사람들이 편리하게 살 수 있지는 않을까 고민해왔다.

◈ 제1장. 채은이의 일상

매일 하루하루가 따분한 채은, 오늘도 어김없이 책가방을 메고 학교에 갔다. 365일 똑같은 거리, 똑같은 풍경, 그녀는 매일 걷는 거리가 지겹기만 하고 새로운 변화가 있기를 원했다.

터벅터벅, 학교에 도착한 그녀는 오늘 수업 시간에 4차 산업혁명으로 IoT에 대해서 배우게 되었다.

"자자, 오늘 배우는 내용은 바로 IoT에요. 여러분 IoT가 무엇인지 알고 있나요?" 선생님의 질문에 채은이는 손을 번쩍 들었다.

"IoT는 물건에 센서를 부착해서 우리 생활을 더욱 편리하게 해주는 거예요!"

그녀는 IoT에 대해 자세히는 알지는 않았지만, 적어도 그 누구보다도 많은 관심이 있었다.

"맞아요, 채은이가 잘 말해 줬네요. IoT는 흔히 사물인터넷이라고도 많이 불리는데, 정확한 정의는 사물에 센서를 부착해 실시간으로 데이터를 주고받는 것을 말해요. 지금 물건뿐만 아니라 도시, 건축물에도 많이 쓰인답니다."

IoT에 대한 수업을 듣고 지금 그녀가 사는 것과는 다른 모습에 그녀는 집중하게 되었고 관심을 두게 되었다. 수업이 끝날 때쯤, 선생님께서는 과제로 자신만의 IoT에 대해 만들어 오라고 하셨다.

그날 오후, 오늘도 집에 돌아와 책상에 앉은 채은이는 창문을 통해 보이는 평범한 도시의 모습을 보며 오늘 배운 IoT가 있는 도시를 머릿속에 그리게 되었다.

'흠…. 시대가 변하는데 왜 도시는 그대로인 걸까…. 조금 더 똑똑한 도시가 만들어진다면 우린 더 편리하고 하루하루가 특별한 날이 될 텐데….'

그녀가 멍하니 과제에 대해서 생각해보던 중 점점 저물어가는 노을과 함께 창문 틈으로 비친 햇빛을 받으며 책상에서 잠이 들었다.

◈ 제2장. 내가… 어른이 됐다고…?!

눈을 떠보니 그녀는 고등학생과는 맞지 않는 깔끔한 정장을 입고 있었고 그녀의 눈으로 보이는 풍경은 평소 그녀가 매일 거닐던 등굣길의 평범한 모습이 아니었다. 이상함을 감지한 그녀는 핸드폰을 꺼내어 날짜를 보았다.

그렇다….

날짜는 2019년, 그녀가 18살이
아닌 2030년, 그녀가 어른이 되어
회사에 다니는 시대였다.

주위를 둘러보니, 그녀가 본
2030년의 모습은 2019년의 모습
보다 훨씬 발전되었고, 4차 산업의 모습 또한 언제 어디서든 볼 수 있었
다. 특히 그녀가 있던 곳이 대한민국의 수도여서인지, 사람들 일상의 대
부분은 IoT로 이루어져 있었다. 사람들은 휴대전화를 이용해 실시간으
로 기기를 원격 조종하고 자율제어하였다. 건물에는 전기, 난방 모니터
링을 통한 건물 관리 시스템이 탑재되고, 길거리에는 스마트 가로등이
탑재되어 더욱 에너지를 효율적으로 관리할 수 있었다. 사람들은 그것
을 너무나도 당연하다는 듯이 편리하게 사용하고 있었다. 그녀는 그러
한 모습을 마치 다른 세상에 와 있다는 듯이 신기하게 쳐다볼 뿐이었다.

띠리리리링, 벨 소리가 울렸다. 이름은 IH 건설 기획팀장이었다.

IH 건설이라는 글을 보자마자 그녀는 고등학교를 졸업하고 건축학과
에 입학해 IH 건설에 입사하기까지의 과정이 주마등처럼 스쳐 지나갔
다. 18살에는 경험할 수조차 없었던 일들이었다.

'내가… 어른이 됐다고…?!'

·

·

·

'설… 마… 내가 도시설계사가 된 거야?!'

그녀는 깨달았다. 자신이 도시, 건축 설계사가 되었다는 것을….

"꺄아아아아아아!"

자신의 오랜 꿈을 이뤘다는 사실에 너무나도 신나고 기분이 날아갈 정도로 좋아서 자신도 모르게 길거리에서 소리를 질렀다.

"뭐야…. 왜 저래….'"

"대낮부터 이상한 사람이…."

수군수군, 그녀의 소리에 놀란 사람들이 그녀를 이상하게 쳐다보고 갔다. 순간의 기쁨도 잠시 그녀는 민망함에 헛기침했다.

정신을 차린 후 그녀는 설레는 마음으로 전화를 받았다.

"채은 팀장님, 이번에 새롭게 들어온 한 프로젝트가 있는데, 혹시 관심 있으면 같이 프로젝트에 참여하는 거 어때요?" 기획팀장이 말했다. 나는 갑작스러운 제안에 당황했다.

"네? 어떤 프로젝트죠?"

"아! 이게 이번에 새로 개발되는 이천이라는 도시인데, 이 도시를 계획하는 거예요. IoT에 대해서 잘 아는 거 같아서 같이 해보면 좋을 거 같아서요. 그리고 혹시 팀장님 고향이 이천 아니신가요?"

"아! 맞아요."

"그럼 같이하지 않을래요?"

그녀는 11년 전에 IoT에 대해서 처음 알게 된 후 매일매일 IoT가 과연 우리 생활에 어떤 영향을 미칠 수 있는지 조사하고 대학교에 가서도 IoT가 건축물이나 도시를 설계할 때 얼마나 사용되고 어떻게 사용될 수 있는지 서로의 연계성을 찾는 연구를 하였다. 이렇게 그녀는 그 누구보다도 IoT에 대해서 잘 알았다. 특히 이천에서 태어나고 자란 그녀에게는 다른 누구보다 더욱 좋은 기회여서, 결국 그녀는 그 프로젝트 사업에 참여하게 되었다.

◈ 제3장. 채은, 도시를 설계하다

프로젝트 모임이 있는 첫날이었다. 그녀는 떨리는 마음으로 아침부터 준비하여 회사로 발걸음을 옮겼다.

회사에 도착한 그녀는 곧장 회의실로 향하였고, 그곳에는 이천 시장을 비롯한 많은 사람이 모여 있었다.

이천시청 관계자는 지금 현재의 이천 모습을 보여주며 문제점들을 이야기했다.

"지금 보시는 사진은 이천의 중심이라고 할 수 있는 분수대 오거리입니다. 다음 사진을 보시는 것과 같이 이 거리는 여전히 발전되지 않고 있으며, 많은 사람이 낡은 건물과 많은 신호등으로 불편을 준다고 하였습니다."

분수대 오거리는 11년 전, 채은이가 학생이었던 시절의 모습과 다를 바가 없었으며, 건물들 또한 그대로였다. 그녀는 발전이 시급한 이러한 이천의 모습들을 보며, 어떻게 하면 이 도시를 더욱 살기 좋은 도시로 만들 수 있을지 생각해보게 되었다.

실제로 이천에 가보니, 아파트는 더 높게, 더 많이 지어졌지만, 정작 사람들이 자주 다니고, 많이 이용하는 곳들은 발전하지 않았다.

채은이는 답사를 마치고 사무실로 돌아왔고, 어떻게 하면 그녀의 고향인 이천을 더욱 살기 좋은 도시로 만들 수 있을지 고민하게 되었다.

그녀는 매일 현장답사를 나가며 사람들의 동선, 교통, 건물의 형태 등 하나하나 꼼꼼하게 조사를 하였고, 이 분수대 오거리의 문제점을 알아내었다. 그곳은 오거리다 보니 사람들이 원하는 곳을 갈 때 많게는 2~3번 횡단보도를 건너야 했고 거리상으로는 매우 짧은 거리인데도 불구하고 횡단보도를 이용해야 했다. 이 때문에 사람들의 동선이 매우 복잡하고 시간도 오래 걸렸다. 그뿐만이 아니라 차들의 왕래가 잦은 도로이기 때문에 퇴근길이나 주말에는 교통체증이 빈번하게 발생해 운전자들에게 많은 불편함을 주고 있었다.

채은이는 이러한 문제점을 파악하고 이 문제를 해결하기 위해 본격적으로 분수대 오거리 설계를 시작했다.

그녀는 함께하는 동료들과 같이 매일 회의하며 설계를 계획해 나갔고, 그렇게 몇 주가 지나 설계 계획을 완성했다.

"다음 보시는 사진은 건축프로그램을 이용하여 나타낸 분수대 오거리의 모습입니다.

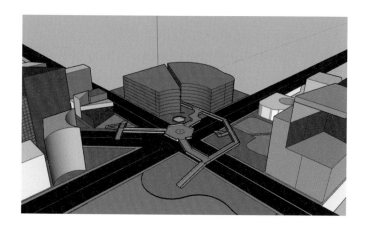

이전과 다르게 횡단보도를 없애고 하늘 다리처럼 보행자 도로를 위로 배치하여 사람들이 느꼈던 신호로 인한 불편함을 줄이고자 하였습니다. 특히 육교를 올라갈 때 모든 사람이 편하게 올라갈 수 있도록 계단 대신 경사로를 만들었습니다. 또한, 분수대 오거리의 특성상 사람들의 왕래가 잦은 곳이기 때문에 작은 공원을 배치하여 지친 사람들의 쉼터와 산책로가 될 수 있도록 설계를 하였습니다."

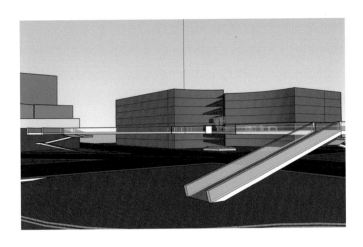

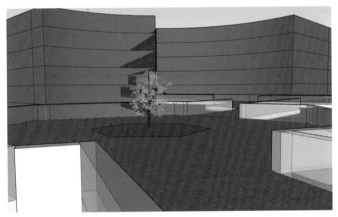

　이때 한 시청 관계자가 말하였다. "도로를 넓히고, 정원을 만든다는 것은 어쩔 수 없이 주변 상가를 허물어야 한다는 것이네요?"

　"네, 그렇습니다."

　"그렇다면, 상가 주인과의 협의는 저희가 하도록 하겠습니다."

　"감사합니다."

이천시 분수대 오거리 사업 계획서

사업명	분수대 오거리 재개발 및 스마트 시티 적용
추진 배경	과거부터 사람의 유동인구가 많은 곳임에도 많은 사람이 불편함을 느끼는 곳 중 하나인 분수대 오거리를 재개발함으로써 이천 시민들이 좀 편리한 생활을 하도록 한다.
분수대 오거리의 변화된 모습 (예상도)	**문제점:** 분수대 오거리는 이천의 중심이자 많은 차와 사람들이 다니는 곳이다. 출퇴근 시간대만 되면, 많은 차가 이곳을 지나기 위해 신호를 기다리고 교통체증이 일어난다. 특히 도로 주변에 있는 주차장으로 인해 도로의 폭은 줄어들어 교통체증은 나날이 심각해지고 있다. 현재 예상도

사용된 IoT	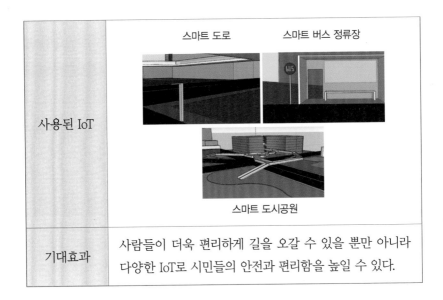
	스마트 도로 스마트 버스 정류장 스마트 도시공원
기대효과	사람들이 더욱 편리하게 길을 오갈 수 있을 뿐만 아니라 다양한 IoT로 시민들의 안전과 편리함을 높일 수 있다.

"또, 이 사업의 주된 목적이 IoT와 관련지어 분수대 오거리를 설계하는 것이기에 대표적으로 3곳에 이 IoT를 구상해 보았습니다."

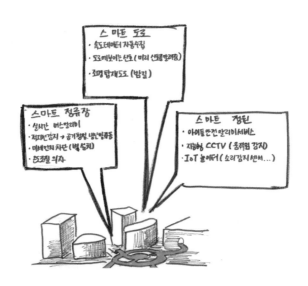

"흠…. 사람들의 불편함과 편리함을 최우선으로 생각한 점이 아주 인상 깊습니다. 전체적 틀은 이렇게 가는 것이 좋겠네요."

시장의 말을 들은 채은이는 정말 너무나도 기뻤고 자신이 해냈다는 사실에 뿌듯함을 느꼈다.

◈ 제4장. 분수대 오거리의 재개발을 반대합니다!

어느 날, 분수대 오거리에서는 몇몇 사람들이 모여 현수막을 들고 큰 목소리로 무언가를 외쳤다. 그들은 바로 오랫동안 분수대 오거리의 건물을 지켜온 건물주와 가게 주인들이었다. 그들은 재개발이 되면 자신들의 가게와 건물들이 사라진다는 사실에 두려워 분수대 오거리 한복판에 나와 반대 시위를 벌이고 있었던 것이었다.

그 모습을 본 채은이는 너무나도 당황스러웠다. 그녀는 그 모습을 보자마자 그들에게 가서 물었다.

"저기 왜들 그러시는 거죠?"

"몰라서 그래요? 여기는 저희가 몇십 년 동안 있었던 곳인데 이렇게 하루아침에 저희의 가게가 사라지게 생겼는데 어떻게 가만히 있나요?"

"이천 시장과 이야기 끝이 난 것이 아닌가요? 저희는 이미 여러분께 지원을 해주는 것으로 알고 있는데…"

그녀의 말을 들은 건물주와 가게 주인들은 따지듯이 되물었다.

"대체 그 지원이 어떤 것이죠? 저희에게 건물 일부분을 줄 것인가요?"

그녀는 그 말을 듣고 아무런 말도 할 수 없었다. 그녀는 그날 저녁 이천시청으로 가 프로젝트를 함께 진행하는 이천시청관계자를 찾아갔다.

"어이쿠…. 여기에는 무슨 일이 신가요?"

"다름이 아니라, 오늘 분수대 오거리 가보셨나요?"

"아…. 아니요…. 무슨 일이라도…."

이천시청 관계자는 아무것도 모르는 눈치였다.

"오늘 분수대 오거리에서 그곳 건물주와 가게 주인들의 재개발 반대 시위가 있었습니다. 이게 어떻게 된 일이죠?"

채은이는 아무런 조치가 되어 있지 않은 상황에 너무 화가 나 자신도 모르게 따지는 어투가 되어버렸다.

"아니…. 재개발을 하는데… 시민들의 의견을 정확하게 들어보고 이 프로젝트를 결정하신 거 아니신가요?"

"네? 그게 무슨… 저흰 이미 시민분들과 이야기를 끝낸 상태에요…."

"그럼 저기 계신 분들은 어떻게 된 거죠?"

'똑똑.'

이때 한 사람이 문을 두드리며 들어왔다.

"안녕하세요. 저는 분수대 오거리에 있는 상가 건물주입니다. 분수대 오거리 상가 관계자를 대표해서 왔습니다."

채은이와 시청 관계자는 그와 이야기를 나누기 시작하였다.

"먼저 이렇게 불쑥 찾아와서 매우 죄송합니다. 저희는 매우 오래전부터 분수대 오거리를 지켜오며 살아왔습니다. 그런데 막상 저희의 건물을 없앤다고 생각하니, 몇십 년 동안의 노력이 하루아침에 사라지는 기분이 듭니다."

채은이는 그제야 그들의 마음을 이해했다. 비록 그들은 시청 관계자들과 이미 재개발에 관해 이야기를 끝냈고, 주인들 1/2 이상의 동의를 얻어 재개발을 계획했지만, 동의하지 않은 소수의 상인과 주인들은 만약 분수대 오거리에 있는 건물이 재개발될 시 그들의 일자리들이 사라질 수 있다는 두려움 때문에 분수대 오거리 재개발을 막은 것이었다. 그녀는 곰곰이 생각해보고 어렵게 입을 뗐다.

"저기…. 안녕하세요. 저는 이번에 이 사업을 추진하는 IH 건설 팀장입니다. 저 또한 마음이 아프지만, 과거 이곳에서 살면서 분수대 오거리의 문제점에 대해 생각을 많이 해보았습니다. 유동인구는 점점 증가하는 반면, 교통이나 건물은 점점 노후화되고 있고, 시민들은 불편함을 느꼈습니다. 그래서 이 프로젝트를 계획하게 된 것입니다. 정말 죄송한 일이지만, 이미 법적으로 승인이 난 상태이기 때문에 중단하기에는 어려움이 있어 보입니다."

"아…."

"그래서 여러분도 시민이고, 그곳 건물의 상가 주인이니, 저희랑 함께 대안 방법을 생각해보는 것이 어떨까요?"

"그럼 저희의 의견이 반영되는 것인가요?"

"네. 보상금은 물론이고 시민들과 함께 추진하는 사업을 통해 여러분이 더욱 편리하게 생활할 수 있도록 하겠습니다."

그렇게 시민의 입가에는 작은 미소가 보였고 그는 채은이에게 감사하다고 하며, 문을 열고 나갔다. 채은이는 안도감에 깊은숨을 내쉬었고,

프로젝트를 마저 진행하기로 했다.

◈ 제5장. 드디어, 재개발을 시작하다

사업 계획이 끝나, 설계도가 완성된 후, 채은이와 동료 그리고 시민들과 함께 만든 설계를 바탕으로 공사가 진행되었다.

적어도 20년 이상 된 건물들은 커다란 포크레인으로 하나⋯ 둘씩 가라앉았고, 자신의 인생을 그 건물들과 함께해온 상가 주인과 건물의 주인은 그 모습을 보며 눈물을 흘렸다. 그렇게 그 자리에는 새로운 건물들이 지어지기 시작했다.

공사가 시작된 후 5년 이상이 지났다. 건물과 도로는 이제 설계도처럼 형태를 갖추어 자신만의 색을 드러냈다. 드디어 5년 전부터 추진해온 사업이 막을 내린 것이다. 채은이는 너무나도 감격스럽고 뿌듯했다. 자신이 오랫동안 살아온 이천의 분수대 오거리를 그녀 혼자 서가 아닌, 동료와 시민들과 함께 고난과 역경을 겪으며, 설계하여 하나의 새로운 형태의 오거리가 생겨난 것이다. 그 모습은 과거와는 매우 달랐다. 그녀는 가장 해소하고 싶었던 교통체증을 줄이기 위해 지하차도를 만들었다. 오거리 특성상 사람들이 한 번에 멀리 있는 곳을 건너기 어렵고 반대편에 가기 위해서는 신호등만 2번 이상을 건너야 했지만, 새로운 오거리는 도로 위에 사람들만 다닐 수 있는 고가도로가 설치되어 사람들의 편리성은 증가하고 곳곳에 식물을 심어주어 환경에도 신경을 썼다.

그렇게 처음 개통이 시행되던 날, 많은 사람이 그곳에 모였다. 어린아이부터 노인들까지 새로워진 길을 걷고 건물을 보며 감탄했다. 그 모습을 보고 채은이는 너무나도 감격스럽고 뿌듯했다. 그녀는 한 걸음 한 걸음 그녀가 설계한 길을 향해 발을 내디뎠고 그때 저 멀리서 누군가 희미하게 그녀를 부르며 소리쳤다.

"채은아! 지금 몇 시인데 아직 잠을 자! 벌써 밤이야!"

◈ 제6장. 이게… 다 꿈이었다고…?

비몽사몽 한 채은, 그녀는 누군가의 목소리에 꿈에서 깼다. 창문 밖은 벌써 어두운 밤으로 바뀐 상태였고, 시계를 보니 밤 9시가 훌쩍 넘어간 시간이었다. 해가 질 무렵부터 잠을 잔 후 지금까지 꿈을 꾼 것이다. 그녀의 꿈은 마치 방금 일어난 일처럼 너무나도 선명하였다.

'똑똑똑'

엄마가 방문을 열고 들어왔다. 그렇다, 엄마의 소리에 잠에서 깬 것이었다. 그녀는 잠시 멍을 때린 뒤, 슬쩍 연필을 잡고 천천히 종이에 글을 써내려 나갔다. 꿈에서 나온 일들을 하나씩 떠올리며, 그녀는 숙제를 끝마쳤다.

다음 날.

기술시간에 그녀는 그 누구보다 멋있게 발표를 하였다.

이것을 계기로 그녀는 이 진로에 대해서 더욱 관심을 두게 되었고, 훗날 대학교에 진학하여 꾸준히 건축에 관해서 연구하였다. 꿈이 예지몽이라도 된 듯 그녀가 도시를 설계하게 된 것이다. 그녀는 고등학교 때 꾼 그 꿈이 없었더라면, 지금의 자신이 없었을 그것으로 생각하며, 그 꿈을 둘도 없는 소중한 보물이라고 생각하며 지냈다.

— 글을 마치며···

　과거부터 지금까지 여러 건물, 도로, 문화 시설 등이 결합하여 우리의 삶에 직접적인 영향을 주었다. 사람들은 그 속에서 적응해 살고 있으며, 도시는 갈수록 변화하고 있다. 특히 4차산업이 진행되면서 도시에는 그에 걸맞게 다양한 형태가 등장하였고, 어느 지역에 가도 똑같은 도시가 없다는 것은 매력적으로 다가왔다.

　이 주제로 글을 쓴 이유 또한 그런 것 같다. 어떤 도시를 재개발해볼지 고민하던 중 내가 어렸을 때부터 지내온 이천을 떠올리게 되었다. 이천에 돌아다니면서 사람들이 불편할 만한 곳을 생각해본 결과, 교통체증이 많이 일어나고 사람들이 자주 다니는 곳인 분수대 오거리를 생각하게 되었고, 한번 설계해보고 싶다는 생각을 했다. 설계하면서 고려해야 할 점들이 너무 많아서 고민이 많았다. 도로부터 사회적 약자들까지 생각하면서 최적의 분수대 오거리를 설계해 나간 것이다. 비록 실력이 많이 부족했지만, 도시 및 IoT에 관심이 많은 나에게는 너무나 뿌듯한 일이었다.

　우리 지역 이외에도 많은 지역에는 사람들이 불편함을 느끼거나 노후화가 된 도시가 많다. 그러한 도시들이 재개발될 수 있도록 끊임없이 연구하고 설계하는 것이 나의 목표이다.

세상을 바꾸는 레시피

생명공학연구원 최승주

◈ 왜 먹지 못하는 것일까?

　이 질문은 내가 중학교에 다니던 때에, 한 대형마트에서 쇼핑하던 중 우연히 튀어나온 질문이다. 그 뜬금없는 의문을 가졌던 날을 떠올려 보자면, 그날 마트 천장에 달린 모니터에서는 갖가지 광고가 나오고 있었고, 나는 카트에 담긴 물건을 봉투에 담으시는 엄마를 기다리면서 지루해진 나머지 모니터에 시선을 두고 지켜보기 시작했다. 처음에는 부동산, 화장품 등의 광고가 나오더니 이내 조금 다른 느낌을 가진 광고가 나오기 시작했다. '후원문의…'로 끝나는 이 광고는, 약간의 과장을 보태어 표현하자면, 지금의 내 목표를 만들어 주었다.

　광고에 나오는 사람들은 굶주림에 시달리는 아프리카 지역의 가난한 사람들이었다. 아기들은 힘없이 안겨서 죽 모양의 음식을 입 주변에 가져다주면 조금씩 먹었고 그 주변에는 파리가 날아다녔다. 굶주리는 사람들의 모습을 솔직하게 드러내는 이 광고는 사실 이전에도 많이 봐왔던 광고였다. 하지만 그때 그 광고를 본 장소가 사람들과 음식들이 붐비는 대형마트였기에 그 광고는 평소와는 다르게 느껴졌다. 우리는 이렇게 많은 종류의 푸드 코트와 다양한 식품들이 즐비한 커다란 마트에서 자유롭게 쇼핑하고, 먹고 마실 수 있다. 하지만 모니터 속의 사람들은 그렇지 않다. 심지어는 제대로 먹지 못해서 정말 많은 사람들이 죽고 있다. 이러한 불평등하고 가슴 아픈 현실을 깨닫고 나니, 쇼핑하는 것이 불편해졌고 나는 저 사람들을 위해서 무슨 일을 할 수 있을지, 그리고 어떻게 해야 사람들이 더 이상 굶지 않을지에 대해 생각하게 되었다.

그리고 나는 다시 질문하며 내 생각에 대한 답을 찾아가고 싶다.

**"식량문제는 무엇이고,
그것을 어떻게 해결할 수 있을까?"**

◈ 식량문제는 무엇일까?

휴대폰을 켜서 '식량문제'를 검색 창에 입력해보자.

한 대표적인 포털 사이트에서 검색해 보았을 때, 영양학 사전에 실린 식량문제의 정의가 가장 위에 위치한다. 그 정의를 한 번 눌러보면, 맨 처음 문장에 다음과 같이 이야기하고 있다.

**'전 세계 또는 어떤 나라의 식량 공급이
필요량보다 부족한 문제.'**

정의는 간단하다. 우리가 검색 창에 직접 눌러 검색해 보기 전에 생각했던 뜻과 일치하는 것만 같다. 그리고 사전에 실린 정의를 읽고 나면, 또 다음과 같이 생각할 수 있다.

'그럼 식량이 남는 곳이 부족한 곳에 나눠주면
해결되지 않을까?'

안타깝지만 이 문제는 그렇게 간단하지 않다. 만약 간단했더라면 이미 굶주리는 사람들 없이 배부르고 풍족한 세상만이 남아있었을 것이다. 하지만 식량문제는 다양한 원인들이 뒤얽혀 있는 복잡한 문제이다.

◈ 식량문제의 원인은 무엇일까?

그렇다면 이런 식량문제를 해결하기에 앞서, 식량문제의 원인을 먼저 살펴볼 필요가 있다.

대표적인 구호 단체, WFP(유엔세계식량계획)가 제시한 굶주림이 생기는 원인, 5가지 키워드를 한 번 살펴보자.

자연(Nature), 전쟁(War), 빈곤의 함정(Poverty Trap),
농업 기반시설(Agricultural infrastructure),
환경의 과잉개발(Over-exploitation of environment)

이 다섯 가지는 모두 식량문제 원인의 핵심이다. 하나하나 키워드를 읽어보면 그 원인을 쉽게 알 수 있으니 간단하게 이야기해보자.

먼저 자연이다. 자연은 자연재해로 인하여 식량난이 초래되는 것을 의미한다. 우리나라의 예시를 통해 그 키워드를 이해할 수 있다. 우리나라는 2010년에 태풍의 피해로 쌀 수확량이 그 전년도에 비해 60만 톤가량 줄어 430만 톤에 그쳤고, 2011년에는 폭우로 인해 최소 50만 톤 줄게 되었다. 우리나라의 경우는 폭우와 같은 자연재해가 자주 장기적으로, 또 굉장히 심각한 수준으로 일어나지는 않지만 사막화로 인한 가뭄 등의 피해가 지속되는 세계의 다른 지역들의 경우, 그 피해가 심각하다.

WFP(유엔세계식량계획)에서는 아프리카, 아시아 및 라틴아메리카에서 기후 변화로 인해 홍수, 가뭄 및 폭풍이 빈번하게 발생하고 있으며 수백만 명이 피해를 입은 것으로 보고 있다. 또한, 기아를 근절시키기 위해 기후변화에 대처할 수 있는 능력과 해결할 수 있는 능력을 기르지 않는다면 2050년까지 기아와 영양실조의 위험은 최대 20%까지 증가할 수 있다고 예상하고 있다.

두 번째는 전쟁이다. 지금 일어나는 전쟁들은 커다란 나라끼리의 거대한 세계대전이 아닌 바로 내전들이다. 그리고 내전들은 그 지역 사람들의 삶을 충분히 위협하고 있다. 다시 한 번 검색 창을 켜 내전 및 기아를 키워드로 검색해 보면 많은 예시가 존재한다.

내전으로 인한 기아가 나타나는 예시 중 하나로 예멘을 들 수 있다. 예멘의 내전은 약 5년간 계속되고 있다. 2018년 10월, 유엔은 사우디아

라비아 주도 연합군의 공격이 계속될 경우 민간인 약 1천300만 명이 기아에 허덕일 우려가 있다고 밝혔고, 국제아동구호단체인 '세이브 더 칠드런'은 2019년 3월을 기준으로 기아로 사망한 5세 이하의 예멘 어린이가 8만5천 명에 달한다고 추산하였다. 이렇게 전쟁 또한 식량문제인 기아에 커다란 영향을 끼치는 원인들 중 하나이다.

다음으로는 빈곤의 함정과 농업 기반시설을 연결하여 키워드를 간단하게 다뤄보았다.

먼저 빈곤의 함정이란 무엇일까? 단어를 보았을 때 무슨 뜻인지 바로 알 수 없겠지만, 빈곤의 함정을 다른 말로 대신하면 그 뜻을 이해할 수 있을 것이다. 바로 빈곤의 악순환이다.

빈곤이 악순환된다는 것은 농업 기반 시설과 연결하여 함께 생각해 볼 수 있다. 대규모 기업과 평범한 농민, 둘 중 농업 생산량이 높은 쪽은 어디일까? 바로 대규모 기업이다. 농업을 전문으로 하는 기업들은 평범한 농민들과는 달리 개량하여 생산성이 높은 종자, 최신 농업 기술과 장비, 커다란 자본 등을 이용하여 대규모 경작을 한다.

하지만 농업에 종사하는 개발도상국의 빈민층들은 어떨까? 관개수로 등의 농업기반시설이 부족해 생산량이 훨씬 떨어지고, 이에 따른 적은 수입에 교육은 고사하고 다음 농사 즉, 미래를 위해 투자할 돈도 마련하기 힘들기 때문에 빈곤이 지속될 가능성이 크다.

또, 이 키워드 이외에 사실상 식량문제의 근본적인 원인은 분배의 문제라고 할 수 있다. 분배의 문제는 한 문장으로

> "식량이 남아돌아도
> 사람들은 굶주린다."

라고 할 수 있다. 이 문장이 내가 생각하는 식량문제의 핵심이다. 식량이 남아 심지어는 마구 버려지는 지금, 세계 어딘가에서는 사람들이 먹지 못해 고통받고 있다는 사실이 충격적으로 다가온다.

◈ 문제를 해결할 방법은 무엇일까?

앞선 목차에서는 식량문제의 심각성에 대해서 이야기해 보았다. 이야기를 나누면서 식량문제를 해결하고자 하는 마음이 들었다면, 이번 목차에서는 식량문제를 해결할 수 있는 일들에는 무엇이 있는지 알아보도록 하자.

먼저 식량문제를 해결하기 위해 노력하는 기구인 WFP(유엔세계식량계획)를 살펴보자.

WFP(유엔세계식량계획)은 세계기아퇴치를 목적으로 세워진 UN(국제연합) 산하의 식량 원조 기구이다. WFP의 가장 큰 목표는 '제로헝거(Zero Hunger)'이다. 제로헝거는 2030년까지 지구의 기아를 없애겠다는 목표로, WFP는 이 제로헝거 달성을 위해 사람들의 참여를 장려하고 있다.

WFP는 단순히 제로헝거를 외치는 것이 아니라 우리가 제로헝거를 달성하는 데 도움을 줄 수 있는 환경 또한 만들어놓았다. 바로 WFP가 주도하는 'ShareTheMeal'이라는 스마트폰 애플리케이션을 이용하는 것이다. 이 앱은 이름 그대로 세계 곳곳으로 식사를 나눌 수 있도록 제작된 앱이다. 베네수엘라, 예멘, 마다가스카르 등 특정 지역으로 기부 지역을 설정할 수도 있다.

한 아이에게 하루 치 음식을 나눠주는 데 드는 비용은 500원으로, 기존의 기부들과는 다르게 부담 없이 실천할 수 있다는 것이 큰 장점이다. 기부 금액은 1주일, 3개월, 1년 혹은 자유롭게 정할 수 있고 후원을 통해 각 지역에 어떤 변화가 생겼는지 그 소식을 확인할 수 있다. 커뮤니티 챕터에서 다른 사람들 혹은 친구들과 팀을 만들어 기부 목표를 세우고 달성하면서 기부를 습관화해보자.

"오늘, 식사하기 전에 앱을 한 번
실행해보는 것은 어떨까?"

우리의 일상을 대표함에 하루라도 빠질 수 없는 물건에는 무엇이 있을까? 화장실에 갈 때도, 길을 걸을 때도, 혼자 밥을 먹을 때도, 어색한 사람과 있을 때도 늘 바라보는 것, '스마트폰'이다. 우리가 스마트폰을 이용하여 하는 많은 것 중 하나인 SNS는 식량문제 해결의 또 하나의 방법이 될 수 있다. 그리고 일상생활에서 늘 마주치는 친숙한 SNS를 이용한다면, 식량문제 해결이라는 커다란 숙제가 종이 한 장처럼 가볍게 느껴질 수 있다. 우리와 떼려야 뗄 수 없는 SNS 중 하나인 '유튜브'를 통해 그 방법을 한 번 살펴보자.

초등학생 선호 장래 희망 1순위에도 등장하는 유튜브 크리에이터. 즉 유튜버들은 유튜브에 영상을 올리며 사람들과 소통하고 광고 수입을 얻기도 하며 활발하게 활동한다. 유튜브에는 과학, 요리, 패션, 음악, 게임 등 전문적인 분야의 영상뿐만 아니라 흥미 위주의 가벼운 영상 또한 많다. 그리고 여기 조금 특별한 영상으로 전 세계와 소통하는 유튜브 채널을 소개하려고 한다.

⟨"Loving, Caring, Sharing, This is my family."⟩

　바로 'Grandpakitchen'이라는 채널이다. 이 채널은 깔끔한 하얀 복장
의 한 할아버지가 등장하여 간단하게 메뉴와 재료를 말하며 요리하는
영상이 주를 이룬다. 하지만 다른 요리 유튜브 채널과는 다르게, 이 채
널이 가진 한 가지 독특한 점은 냄비와 팬이 넘칠 정도의 엄청난 양의
음식을 만든다는 것인데, 이 모든 음식은 부모가 없거나 집이 가난한
아이들에게 나누어진다. 또한, 할아버지는 유튜브 채널을 운영하며 발
생하는 수익금 일부를 자선단체에 기부하고 있다.

2019년 10월 27일, 안타깝게도 할아버지는 세상과 작별을 고하셨지만 할아버지를 이어 그의 손자들이 유튜브 채널을 운영하고 있다. 'Grandp akitchen'과 같은 유튜브 채널을 이용하여 우리가 도울 수 있는 방법은 간단하다. 바로 단순한 시청이다. 영상을 봄으로써 우리는 그들을 응원하는 것이며, 서로를 이끌어주는 역할을 하는 것이다.

> **"책을 덮기 전, 할아버지의 영상 한 편을**
> **클릭해보는 것은 어떨까?"**

이로써 네 가지 질문들을 통해 세상을 바꾸는 레시피를 마치게 되었다. 나는 이 질문 하나하나가 레시피의 필수 재료들이라는 생각이 든다. 멋진 요리를 만들기 위해서 재료들이 꼭 필요한 것처럼, 굶주림이 없는 미래를 만들기 위해서는 위의 질문들을 던지는 여러분이 꼭 필요하다. 세상에는 다양한 요리, 다양한 레시피가 존재하고 우리의 미래를 만드는 데에도 다양한 사람들, 다양한 방법이 존재한다. 앞으로의 우리를 위해 세상을 바꾸는 나만의 레시피를 만들어 보는 것은 어떨까?

– 글을 마치며…

　많이 뿌듯하고 많이 아쉽다. 보고서처럼 억지로 써 내려 간 글이 아니라 내가 원해서, 직접 주제를 정하고 토대를 세우고 내용을 더해가는 과정을 통한 글이라 더욱 애착이 간다. 책을 출판하는 것은 먼 나라 이야기인 줄만 알았는데, 이제 보니 이웃 나라 이야기였던 것 같다.

　글을 마무리할 때쯤, 갑자기 내 주제에 대한 엄청난 책임감과 부담감이 들어서 새로 썼던 때가 있었다. 내 희망 학과인 생명공학과와 기아문제를 연결하여 내 나름대로의 해결방안을 제시해보려고 했지만, 그 정도의 전문지식이 없는 나는, 내 궁극적인 목표인 '평범한 우리도 기아문제를 해결하자'에 초점을 두기로 하였다.

　그러다 보니 내가 처음에 예상했던 글과 많이 다른 점도 있어서 아쉽기도 했고, 진작 그런 변수들을 생각하지 못한 내가 많이 한심하기도 했다. '다시 돌아간다면 진짜 잘할 수 있는데…'와 같이 의미 없는 생각만 가득할 때도 있었지만 이런 나름대로의 우여곡절을 겪은 덕에 나의 개성이 담긴 글 한 편이 나올 수 있었다고 생각한다.

　'미적, 감각' 동아리를 통해 글을 적음으로써 폭넓게 생각해보려고 노력했고, 그 생각들을 정리할 수 있었다. 또, 이 책을 통해 내 생각을 다른 사람들과 공유할 수 있었다. 이런 엄청난 기회가 나에게 주어졌다는 것에 정말 감사하다.

사과 같은 내 얼굴?

화학공학기술자 안희주

현대인들의 삶의 질이 향상되면서 아름답고 건강한 삶을 살아가려는 노력은 남녀노소를 막론하고 지속해서 증가하고 있습니다. 이러한 사회 분위기에 힘입어 피부 미용 관련 산업도 점점 다양한 형태로 발전하고 있습니다. 더욱 완벽해지고 싶어 하는 우리의 욕구를 충족하기 위해 지금처럼 우리는 계속해서 새로운 정보를 습득해 나갈 것입니다.

어렸을 적, 누구나 한 번씩은 들어봤을 법한 '사과 같은 내 얼굴'이라는 노래, 혹시 들어보셨나요? 저는 이에 빗대어서 사과와 피부가 가진 연결성에 대한 정보를 알려드리고자 합니다.

◈ '갈변현상', 우리 몸에도 일어나고 있다?

사과껍질을 깎아 실온에 두면 갈색으로 변하는 갈변현상이 우리 몸에서도 일어난다는 사실을 알고 계신가요? 나이가 들면 피부에는 주근깨, 색소침착, 기미 등과 같은 변화들이 생겨나 눈에 확연히 띄는데요. 바로 이와 같은 변화들이 앞에서 언급한 갈변현상과 매우 비슷한 형태를 보입니다. 그렇다면 우리들의 피부 속에서 일어나는 갈변현상을 한번 같이 알아보도록 하겠습니다.

◈ 피부 속을 이루는 조직은?

먼저 피부는 몸무게의 약 15%를 차지하며, 우리 몸에서 가장 중요한 기관이기도 합니다. 그러므로 외부의 자극으로부터 신체를 보호해 주는 피부의 건강을 최적의 상태로 유지하려면 피부의 구조부터 이해하는 것이 중요합니다.

피부는 크게 표피와 진피로 나뉩니다.

표피란 피부의 가장 바깥층을 구성하는 조직으로 수백만 개의 피부 세포들이 결합하여 구성됩니다. 이를 통해 튼튼한 장벽이 만들어지고 신체에서 분비되는 수분이 조절됩니다.

진피란 표피 아래층을 구성하는 피부조직입니다. 이 피부층은 모근, 신경 말단, 혈관 및 땀샘으로 구성되어 있어서 체온 조절 및 노폐물 제거에 도움을 줍니다.

피부에서 색소가 많이 만들어지면서 우리의 얼굴에는 갈색의 색소침착 현상이 발생합니다. 이때 과잉 생성된 멜라닌 색소가 표피층에 많으면 표피형 색소침착이 되고, 진피층에 많으면 진피형 색소침착이 됩니다. 만약 두 가지 형태가 섞인다면 혼합형 색소침착이 되는 것입니다.

◈ 피부의 색소침착을 일으키는 산소?

사과의 갈변현상을 일으키는 주요 원인은 산소이며, 그런 산소가 우리 피부에도 큰 영향을 끼치고 있습니다. 그중 유해산소라고도 불리는 활성산소는 우리가 숨을 쉬는 과정에서 몸속으로 산소가 들어가 산화과정에 이용되고 이때의 여러 대사과정에서 생성됩니다. 이렇게 생성된 활성산소는 생체조직과 세포를 훼손하게 됩니다. 마찬가지로 피부의 색소침착은 피부 내 존재하는 구리이온이 활성산소와 결합하여 산화되면서 생기는 것입니다.

연구 계획 보고서

학번	20916	이름	안희주
주제	산소가 피부에 미치는 영향		
연구 동기	최근 SNS에서 화제가 되었던 피부 색소 침착 문제를 해결해 주는 제품에 관한 동영상을 접하면서 산소가 사람의 피부에 미치는 영향에 무엇이 있는지에 의문을 품게 되었고 이러한 의문을 과학적인 측면에서 알아보기 위해 이 주제를 선정하게 되었다.		
연구 목적	이 연구를 통해서 산소가 사람의 피부에 미치는 영향에 어떤 것들이 있는지 알 수 있고, 어떤 상황과 조건 속에서 피부 문제가 유발되는지 알 수 있다.		

이론적 배경	구리이온은 활성산소와 결합해 산화되어 활성화되는데 이는 멜라닌 색소를 합성시켜 피부 변색을 일으키고 나아가 색소침착, 탄력 저하 등 각종 피부 문제를 유발한다.
가설	돼지껍질을 산소 농도가 21%인 환경과 산소 농도가 0%인 환경에 두었을 때, 후자의 경우에서 돼지껍질의 색 변질의 차이가 더욱 크게 나타날 것이다.
연구 방법 및 과정	

2019.06.07. 연구 수행 준비물 구비 및 실험준비

2019.06.14. 연구 2차 실험관찰 및 관련 사진 수집

2019.06.21. 연구 3차 실험관찰 및 관련 사진 수집 |

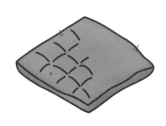

▲ 산소 농도 21%에서의 돼지껍질   ▲ 산소 농도 0%에서의 돼지껍질

　왼쪽 사진은 산소 농도가 21%인 환경에서의 돼지껍질입니다. 돼지껍질 표면이 산소와 만나면서 돼지껍질의 수분도가 떨어지며, 약간의 채도만 낮아졌을 뿐, 눈에 띄는 변화가 없다는 것을 확인할 수 있습니다. 이에 반해, 오른쪽 사진은 무산소인 환경에서의 돼지껍질입니다. 이 돼지껍질은 표면 가장자리 전체가 거무스름하게 변하는 모습을 보여주었습니다. 실험 관찰 일정이 점차 지날수록 더욱 확실한 색 변질의 차이를 보여주었습니다. 무산소인 환경에 두었던 돼지껍질 전체가 어두워진 것이 한눈에 쉽게 보였습니다. 이는 표면의 색소 침착이 진행되었다는 것을 알 수 있었습니다. 그리하여 우리는 산소 농도가 적은 환경에서 피부 표면이 노출될수록 피부의 빠른 노화와 색소침착은 더욱 활발하게 일어난다는 것을 알 수 있습니다.

◈ 피부의 색소침착, 어떻게 해결할 수 있을까?

피부의 색소침착을 일으키는 활성산소를 제거하기 위해서는 항산화제[1] 물질을 섭취해야 합니다. 그 예로는 비타민E, 비타민C, 리코펜[2], 셀레늄[3], 카테킨[4]이 포함됩니다. 비타민E는 특히 지방의 산패를 막는 데 강력한 효과를 발휘하며 혈관 내 나쁜 콜레스테롤의 산화를 막는 데도 도움을 줍니다. 비타민C는 체내에서 강력한 항산화제로 작용하여 활성산소를 제거하며 세포 손상과 노화를 막는 데 탁월한 효능을 보입니다. 토마토에 가장 많이 함유되어있는 리코펜은 인체의 세포를 훼손하는 활성산소를 억제하는 기능을 가진 천연 산화방지제입니다. 셀레늄은 인체 내에서 만들어진 유해물질인 과산화수소를 분해해 항산화 작용을 합니다. 이때 항산화 작용은 손상된 세포를 재생하고 세포막을 손상하는 활성산소를 제거해 신체 조직의 노화를 예방합니다. 카테킨은 비타민E의 20배에 해당하는 항산화 작용으로 이러한 활성산소의 생성 및 효소 작용을 저해해 노화를 방지해 줍니다.

---

1) 우리 몸 안에 생기는 활성산소를 제거하여 산화에 따른 스트레스로부터 인체를 방어하도록 돕는 물질
2) 밝은 적색을 띠어 자외선의 유해 작용을 막는 일종의 식물
3) 비금속으로 주기율표에서 16족 원소 성분 중 하나
4) 폴리페놀 일종으로 녹차의 떫은맛 성분

– 글을 마치며…

2학년 1학기까지 주문형 강좌(과학과제연구) 수업을 들으면서 가장 좋았고, 인상 깊었던 점은 내가 궁금했던 내용을 직접 실험준비, 계획 등을 하면서 궁금했던 점이 해소되고, 그 분야에 대한 지식도 같이 겸비할 수 있었던 것이었다.

살아가면서 우리 피부에는 많은 변화가 생기고 그 변화를 일으키는 여러 원인 중 하나는 우리와 가장 밀접한 산소라는 것을 알게 되었다.

이처럼, 나는 이 글을 처음 쓸 때 나와 같이 이 분야에 관심 있어 하는 사람들 모두의 궁금증이 해소되었으면 하는 바람에서 글을 써 내려 갔다. 이것이 바로 내가 글을 쓰게 된 궁극적인 목적이다.

나는 이 책 쓰기 동아리를 하면서 더욱 확실하게 나의 진로를 정하게 되었다고 확신할 수 있다. 정말 아무나 할 수 없었던 경험이어서 그런지 더욱더 뜻깊게 다가왔고, 나 스스로 뿌듯하다고 느낀다. 아직은 많이 부족하고, 한없이 부족한 나지만 나의 꿈을 이루고자 하는 마음은 그 무엇보다 크다. 그래서 나는 더욱더 나를 위해서, 나를 만들어나가기 위해서 최선을 다해 노력할 것이다.

마지막으로, 피부에 관심이 있어 이 글을 읽는 여러분들도 마찬가지로 지속적인 관심을 가져서 건강한 피부를 되찾길 바라고, 나에게 이러한 경험을 얻게 해준 '미적 감각' 동아리에 감사를 표한다.

본격 미술 TMI

디자이너 장민지

◈ 프롤로그

   이 글을 보는 여러분 중, 미술은 본인과 큰 연관이 없다고 생각하거나 어려워서 접근하기 힘든 것이라고 생각하는 분이 계신가요? 이 말에 공감하는 사람이 많을 거 같은데요. 사실 미술을 전공하는 저도 입시 미술을 주로 다루다 보니 미술이 한없이 어렵다 느껴질 때가 많아요. 하지만 이 미술을 우리 주변에서 찾아본다면? 대중의 관점에서 흥미로운 것을 알아낸다면? 저는 조금 더 많은 사람이 미술의 재미를 느낄 수 있으리라 생각해요. 창작하는 것만이 미술일까요? 감상하는 것만으로 충분히 즐길 수 있는 것도 미술이라고 할 수 있지 않을까요? 그래서 저는 조금 더 쉽고 흥미롭게 접근할 수 있는 미술 정보들로 글을 써볼까 해요. 가끔 친구들과 나누는 수다에서 그다지 엄청나고 중요한 정보는 아니지만 재미있는 TMI(Too Much Information)를 듣는 것처럼 이 글을 읽으면서 미술의 재미있는 이야기들을 알아가셨으면 좋겠네요. 그럼 본격적인 TMI 시작해보겠습니다!

◈ 피카소의 입체파 작품에 영향을 준 사진작가

　이러한 피카소의 입체파 그림은 피카소라는 이름만 들어도 바로 머릿속에 떠오르는 작품이 아닐까 생각하는데요. 이러한 입체파 작품에 영향을 준 사진작가가 있다는 것을 아시나요? 그 사진작가는 바로 피카소의 애인 중 한 명이었던 '도라 마르'입니다. 'Henriette Theodora Malrkovitch'라는 본명을 가지고 있죠. 이 작가의 작품을 먼저 보실까요?

왼쪽_ 〈모자를 쓴 이중 자화상(Double portrait with hat)〉
오른쪽_ 〈Untitled shell hand〉

　사진이 입체파라니, 저는 처음에 이 작품들을 보았을 때 묘하고 신비한 매력을 보여준다고 생각했는데요, 피카소가 영감을 떠올리기에 충분한 멋진 작품들이라 저는 믿어 의심치 않아요. 그러나 피카소와 연애를 하며 붙은 '피카소의 뮤즈', '피카소의 연인'이라는 수식어는 도라 마르의 정체성을 가려버렸고, 그저 피카소의 여러 애인 중 한 명으로 기억되었어요. 이러한 멋진 작품들을 많이 남겼는데도 말이죠. 이건 저의 생각이지만 '피카소의 누구'라는 이 수식어들이 없었다면 도라 마르는 조금 더 일찍 수면 위로 올라 입체파 사진작가 중 손에 꼽힐 만큼 대단한 예술가가 되지 않았을까 하는 생각이 드네요. 그래서 좋은 작가를 너무 늦게 알았다는 아쉬움도 있는 것 같아요. 앞으로 여러분도 도라 마르를 입체파 사진작가로 기억하길 바라요.

◈ 눈이 아닌 머리로 보는 것

혹시 위의 그림을 보고 어떤 도형이나 특정 모양이 떠오르셨나요? 그렇다면 여러분은 이 그림을 눈이 아니라 머리로 보셨네요! '이게 무슨 말이야?' 하는 분들 분명히 있을 거라 생각해요. 그렇지만 이 말은 특정 법칙을 근거로 한답니다. 그 법칙은 바로 '게슈탈트 법칙'입니다. 게슈탈트 법칙, 이 단어가 익숙한 사람도 있겠고 아예 무엇인지조차 모르는 사람도 있을 텐데요. 이 법칙은 '형태, 형상'을 의미하는 독일어로써, '형태 또는 양식 그리고 부분 요소들이 일정한 관계에 의하여 조직된 전체를 뜻함'을 나타내며 인간이 형태를 지각하는 방법을 말합니다. 이 법칙은 크게 7가지로 나뉘는데 위의 그림은 그중에서도 폐쇄성의 법칙에 해당하는 그림입니다. 폐쇄성의 법칙은 기존의 지식을 토대로 완성되지 않은 형태라도 완성된 형태로 인식하는 것을 의미하며 폐합의 법칙이라고도 하죠. 그래서 여러분은 이 폐쇄성의 법칙을 무의식적으로 사용해 위의 그림에서 정육면체나 삼각형이라는 도형을 떠올리게 된 거죠. 만약 여러분이 폐쇄성의 법칙을 사용하지 않고 그림을 봤다면 여러분의 머릿속에 있는 특정 도형을

위와 같은 모양으로 먼저 보셨을 거예요.

이러한 폐쇄성의 법칙은 간결하면서도 확실한 정보를 전달하고자 하는 로고나 아이콘에 주로 적용되곤 해요. 엘지나 애플 회사를 생각했을 때 먼저 떠오르는 그 이미지 있죠? 그렇게 간결한 로고를 통해 자신의 회사 이미지를 각인시키는 것이죠.

아무 지식이나 생각 없이 따로 보았다면 특정한 모양을 떠올리지 못했을 그림들, 제가 눈이 아니라 머리로 보았다고 한 말이 이제 이해가 되셨나요?

◈ 왜 애니메이션 캐릭터는 얼굴이 비현실적일까?

여러분은 CG 기술이 나날이 발전하는 지금도 왜 애니메이션 캐릭터의 얼굴은 비현실적인지에 대해 궁금한 적 없나요? 저는 애니메이션을 워낙 좋아하다 보니 영화나 시리즈 애니도 종종 즐겨보곤 하는데요. 그럴 때마다 '왜 캐릭터 얼굴은 비현실적일까?' 생각한 적이 꽤 있는 것 같아요. 특히 3D 애니메이션을 볼 때 더 느끼는 데, 그중에서도 비현실적인 눈 크기가 한몫하곤 하죠. 그렇다면 디테일한 잔털까지 다 표현해낼 정도의 기술을 가지고 있으면서 왜 등장하는 캐릭터들을 현실적인 모습으로 묘사하지 않을까요? 그것은 여러분이 한 번쯤 들어보았을 '불쾌한 골짜기' 때문이죠. 불쾌한 골짜기란 인간이 아닌 존재를 볼 때 그것이 인간과 닮을수록 호감도가 높아지지만, 일정 수준에 다다르면 오히려 불쾌감을 느낀다는 이론인데요.

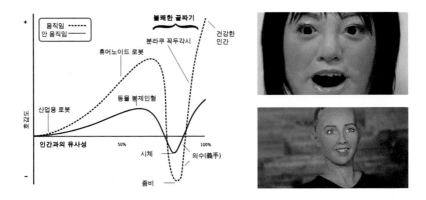

그런데 이 불쾌한 골짜기가 애니메이션 캐릭터와 무슨 연관이 있을까요? 요즘의 애니메이션, 특히 영화부문에서는 3D로 구현되는 추세인데요, 바로 이 3D와 긴밀한 관계가 있어요.

위의 사진 같은 휴머노이드는 인간과 닮도록 만들어졌어요. 그러나 아직 완전한 인간의 모습을 만들기에는 역부족인 기술이 우리와 다른 허점들을 만들어 내면서 기괴한 느낌을 주고 불쾌한 골짜기에 빠지게 만드는 것인데요, 이것은 3D에서도 마찬가지입니다. 아무리 CG가 발전했다 한들 아직까지 불쾌한 골짜기를 완전히 메꾸기에는 역부족인 것이지요. 조금씩 허점이 생길 수도 있으며, 불쾌한 골짜기를 완전히 메꾸는 엄청난 기술로 애니메이션을 제작한다 해도 어마어마한 제작비가 들지 않을까 생각이 드네요.

〈불쾌한 골짜기에 빠진 예〉

〈3D로 성공한 예〉

　그리고 이렇게 단순하거나 비현실적인 표현이 오히려 더 만화적인 애니메이션만의 느낌을 주어서 사람이 직접 연기하는 영화나 드라마와는 다른 재미를 준다고 생각해요. 또 그 점이 우리가 애니메이션을 찾도록 만드는 애니메이션만의 매력이지 않을까요?

글을 마치며...

　미술 분야에 관련된 TMI들 재미있게 보셨나요? 사실 미술에 흥미를 느끼게 하자는 의도를 가지고 글을 쓰게 된 이유에는 학생이라면 피해 갈 수 없는 미술 과목이 한몫했는데요. 물론 저는 이 과목을 통해 진로를 찾을 수 있었지만, 주변에선 하기 싫은 과목, 수행평가 점수 따기 어려운 과목으로 인식되면서 학생들이 더욱 미술에 반감을 갖게 되었다고 생각합니다. 하지만 미술은 우리 주변 어디에서나 접할 수 있습니다. 우리가 보는 애니메이션, 쇼핑하고 싶어지는 옷들, 길거리에서 볼 수 있는 조형물까지 우리가 시각적으로 만족을 느끼는 모든 것에서 미술을 찾아볼 수 있습니다. 이렇게 다양하고 흥미로운 미술이 학생들에게 손으로 그리거나 만들어야 하고, 어렵고, 이해하기 힘든 분야로만 인식되는 것이 안타까웠습니다. 그래서 우리가 감상하고 눈으로 즐기는 미술도 쉽고 재미있다는 것을 알게 해주고 싶어 미술을 전공하고자 하는 학생으로서 이 주제로 글을 쓰게 되었습니다.

　제가 이 글을 쓰며 가장 중요하게 생각한 것은 익숙하거나 친근한 주제 속에서 호기심을 유발하는 것이었습니다. 그래서 누구나 한 번쯤 들어봤거나 봤을 법한 것들에서 얻을 수 있는 새로운 정보를 찾으려고 노력했습니다. 독자분들이 제가 가장 중요하게 생각한 부분을 알아채지는 못했을지라도 제가 이 글을 쓰기 위해 자료를 조사하며 느꼈던 호기심과 즐거움만큼은 꼭 '본격 미술 TMI'를 읽으며 함께 느끼셨기를 바랍니다.

꿈을 디자인하다

디자이너 장민지

◈ 나에게 미술이란?

초~중학교   TV만 틀면 나오는 만화들을 보여 자라 자연스레 만화와 그림을
          좋아했고 만화가, 웹툰 작가를 꿈꾸게 됨

⬇

고1 초반   고등학교에 들어온 뒤 미래에 대한 현실을 직시하게 되고 학원에 다니지 않는 나와
        학원에 다니는 친구들이 비교되어 미술은 내 길이 아니라며 포기 함

⬇

고1 후반 ~ 고2 초반   미술을 포기 했지만 막상 포기하고 나니까 여태 미술에 대한 미래만
        바라봤왔던 터라 오히려 진로를 정하는 데에
        더 확신이 없고 고민에 결론이 없음

⬇

고2 여름방학   아직 늦지 않았다는 생각을 가지고
        산업미술인 디자인을 꿈으로 다시 미술을 시작함

⬇

현재   그러나 광활한 디자인 분야에서
       내가 하고 싶은 일을 찾지 못하고 진로에 대한 또다른 고민을 시작함

◈ 내가 하고 싶은 디자인

디자인을 하리라 마음먹고 입시 미술을 배우며 나름 꿈을 키우기 위해 노력하고 있지만 넓은 디자인 분야에서 과연 나는 어떤 디자인을 해야 하는지 항상 고민한다.

디자인을 지망하는 학생들이 보편적으로 지망하는 학과들은 4차 산업혁명에 적합한 산업디자인, 활발한 미디어 발전과 함께 성장하는 영상디자인, 언제 어디서나 요구되는 평면적인 요소를 다루는 시각디자인, 이렇게 세 가지 학과이다. 그러다 보니 나도 자연스럽게 이 학과들을 따라 지망하고 있었다.

그런데 정작 나는 왜 이 학과들을 고려하고 있는지조차 생각해보지 않았다. 그래서 이번 기회에 여태까지 안일했던 부분을 스스로 생각해보고자 나만의 자료를 만들어 세 가지 학과를 비교해보려 한다.

같은 듯 다른 디자인 학과

산업디자인
keyword

3D 모델링, 제품생산, 캐드

〈세부과목〉
렌더링, 모델링기법, 캐드, 제품디자인
〈진출분야〉
• 전기 아 전자제품 아 자동차 생산라인 디자이너 • 인테리어 분야
• 화장품, 팬시, 생활용품 생산기업 디자이너
↳ 3D기반 작업, 제품설계, 모델링이 주 작업

영상디자인
keyword

영상 편집·연출, 특수효과

〈세부과목〉
영상학, 영상편집, 애니메이션, 특수효과
〈진출분야〉
영상편집자, 영화감독, PD
↳ 움직임이 들어가는 작업을 주로 함

시각 디자인
keyword

정보전달, 평면, 인쇄물

〈세부과목〉
평면조형, 그래픽디자인, 미디어디자인, 타이포그래피
〈진출분야〉
인쇄물 관련 디자이너, 일러스트레이터, 출판분야
↳ 정보 전달이 주목적인 진로가 많음

같은 디자인이지만 다루는 프로그램이나 생산해 내는 결과물에 따라 하는 일도 천차만별이고 배우는 것도 각자 다르다.

산업디자인의 가장 핵심 키워드는 3D이다. 그래서 렌더링이나 캐드 같은 생소하고 새로운 3D와 관련된 과목들을 배운다. **영상디자인**은 학과 이름 그대로 영상이 키워드며 주작업이다. 영상 편집이나 특수효과 같이 시각적이면서도 움직이는 요소들을 배운다. 마지막으로 **시각디자인**은 정보전달이 핵심 키워드며 가지고 있는 키워드답게 정보전달이 주 목적인 진로가 많고 평면 조형이나 타이포그래피처럼 평면작업으로 하는 수업을 듣는다. 이렇게 자료를 조사하고 한눈에 모아본 결과 컴퓨터 그래픽 작업을 많이 하고 2D 성향의 작업을 주로 다루는 나는 시각디자인과가 적합할 것 같다는 결론을 냈다. 그래서 이번에는 시각디자인에 대해 더 깊게 조사해보기로 했다.

시각디자인과

세부 과목

- ①그래픽디자인
  keyword
  :인쇄물
  - 정보 시각화
  - 인쇄의 특성을 살린 디자인
  - 인쇄매체를 통해 표현, 제작
  - 전달하고자 하는 대상자와 정보 매칭

- ②미디어디자인
  keyword
  :디지털 기기 및 매체
  - 현대 시각디자인에 필수적
  - 디지털 매체속 더 간결하고 재있는 디자인
  - 디지털기기의 활용을 배움

- ③디지털 디자인
  keyword
  :다양한 매체
  - 인쇄매체와 미디어의 특성을 결합하여 다양한 영역에 필요한 디자인
  - ①,②와 유사부분 많음

- ④ 아이덴티티 디자인
  keyword
  :기업이미지
  - 존재가치를 높이는 기업 전략숭 하나
  - 브랜딩 및 상표를 시각적으로 나타내는 디자인

- ⑤ 그 외 : 타이포그래피, 디자인마케팅, 디자인론, 시각정보디자인 등

시각디자인과는 학과의 이름 자체에서도 느껴지듯 포괄적이며 다른 디자인학과에 비해 분야가 조금 더 넓은 편이다. 그래서 세부과목도 학교에 따라서 다르고 앞 페이지의 자료에는 들어가지 않은 과목도 있을 수 있다. 그러나 이들의 공통점은 우리가 시각을 통해 접하게 되는 매체들을 다루고 있다는 것이다. 인쇄 매체를 다루는 그래픽 디자인이나 디지털 매체를 다루는 디지털 디자인, 기업의 이미지를 디자인하는 아이덴티티 디자인처럼 다양한 매체를 통해 전달되는 시각 자료를 디자인하는 것을 배운다.

시각디자인과를 지망하는 학생이라면 시각디자인에 대해서 잘 아는 것도 중요하지만 이 학과를 진학하기 전에 해야 할 것을 아는 것도 중요하다. 그렇다면 과연 시각디자인과를 진학하기 전 우리가 해야 할 활동들은 무엇일까? 가장 중요한 것은 디자인에 사용되는 프로그램을 쓸 수 있을 만큼 익혀놓는 것이라고 생각한다. 물론 시각디자인과에는 손으로 하는 작업도 있지만 컴퓨터 그래픽을 사용하는 작업이 더 많다. 그러니 프로그램을 다룰 줄 아는 것이 시각디자인과 진학에 도움이 된다. 그리고 디자인 관련 서적을 읽거나 전시회를 관람하며 안목을 넓혀두고 어떤 디자인이 좋은 디자인인지, 대중성 있는 디자인은 무엇인지 알아두는 것이 좋다. 가능하다면 이 체크리스트의 항목은 고3이 되기 전 여유가 있을 때 미리미리 해두는 것을 추천한다.

– 글을 마치며...

이 글을 쓰는 초반에 어떤 내용으로 진행하고 어떻게 자료를 만들어야 할지 많이 고민했었다. 그런데 어느새 마지막 장을 쓰고 있다는 것이 뿌듯하면서도 대단하다. 그래서인지 이 글을 써가면서 힘들었던 부분들이 결국엔 이렇게 좋은 결과물을 얻도록 해주었다는 것이 더 와 닿는다.

당장 코앞으로 닥쳐오는 입시준비에 2019년 한 해는 내 진로를 찾아야 한다고 생각하며 무작정 이런 주제로 책을 쓰기 시작한 것에 대해 후회하기도 했다. 다른 부원들에 비해 책을 쓰는 속도가 느린 나를 보며 답답했던 적이 많아 이 주제를 포기하고 다른 주제로 글을 쓸 생각도 했었다. 하지만 이런 많은 고민들 속에서 이 글은 내가 고등학생 때 진로를 찾을 마지막 방법이라 생각하며 포기하지 않았고 결국 내가 하고 싶은 것을 찾았다. 내가 가장 원하던 결과를 얻게 된 것이다. 물론 나 혼자 이룬 결과는 아니다. 서로 이끌어준 우리 동아리 부원들과 다듬어진 글을 완성할 수 있도록 도와준 멘토 선배들이 있었기에 더 만족스럽고 뿌듯한 글을 완성할 수 있었다.

만약 '꿈을 디자인하다'를 읽는 독자도 나와 같은 고민을 하고 있다면 꼭 자신만의 자료를 만들어보라고 권해주고 싶다. 내가 하고 싶은 것, 배우고 싶은 것들을 정리하다 보면 어느새 자신의 진로와 더 가까워져 있을지도 모른다.

허니콤으로 건축하다

건축가 손세원

◈ 건축을 생각하다

어린 나는 지도[1]를 좋아했고, 매일 보고 그렸다. 그리고 나는 어느새 건축을 꿈꾸는 사람이 되어 있었다. 나에게 지도는 향로와 같다. 향로(向路)[2]는 나를 건축으로 향하게끔 하였고, 향로(香爐)[3]는 나를 건축으로 번지게끔 하였다. 지도[4]를 보면 나는 그 자리에 어떤 건축물이 있을지 상상하게 된다. 그리고 "만약 이러한 건축물이었으면 어떨까?" 상상한다. 어느덧 고등학생이 되고 나서 생각했다. "상상에 그치지 않고, 실제로 공간을 채우는 것은 어떨까?" 이 생각이 지금 내가 건축을 꿈꾸게 하였다. 상상을 실재하게 하고, 공간을 채우는 것이 바로 건축이다. 나는 건축이 필요에 있어서 지어지는 것이 아니라고 생각한다. 건축은 예술이다. 건축은 아름다움을 창조하는 것이다. 화가가 필요해서 그림을 그리는 것이 아니다. 화가가 상상한 것을 캔버스에 옮겨 담듯이 건축가는 상상한 것을 지도에 옮겨 짓는 것이다.

---

1) 축척이 작은 대개 세계전도 혹은 대한민국 전도 등의 지도
2) 향로(向路): 향하여 가는 길
3) 향로(香爐): 향을 피우는 데 쓰는 화로
4) 축척이 큰 대개 도로와 건물의 형태가 보이는 지도

◈ 허니콤(Honeycomb)을 만나다

허니콤을 처음 만난 곳은 『수학, 인문으로 수를 읽다』[5]란 책이었다. 이 책의 중반 즈음에 허니콤에 대한 설명이 나온다. 책 제목과 같이 수학적으로 예시를 들어 허니콤을 설명해주었다. 건축을 꿈꾸는 나에게 이 부분은 정말 흥미로웠으나 한 가지 의문이 생겼다. 이 책에서는 허니콤에 어떠한 구조적인 장점이 있는지 설명해주지 않았다. "허니콤에 구조적 장점이 있을까?" 이 질문에 대한 답은 책에서 찾아볼 수 없었다. 점차 궁금증이 늘어나 허니콤의 구조적 장점을 자세히 조사하고 싶었다. 그래서 허니콤에 대해 조사한 것을 바탕으로 '허니콤으로 건축하다'를 써내려갔다. 허니콤과 건축의 만남, 그 효과를 곰곰이 생각하며 읽어주기를 바란다.

◈ 허니콤(HONEYCOMB)

허니콤은 말 그대로 벌집이다. 즉, 벌집 모양처럼 육각형을 띠는 것을 통틀어 말한다. 허니콤을 자세히 살피다 보면 광활한 자연의 신비에 놀

---

5) 이광연, 『수학, 인문으로 수를 읽다』, Chapter 5, 수학으로 짓는 건축, 더 견고하고 아름답다, 2014

라움을 갖게 될 것이다. 우리가 허니콤을 아름답다고 여기는 것은 자연의 아름다움을 느끼고 있는 것이다. 그런데 허니콤은 과연 꿀벌이 만든 걸까? 아니면 자연이 만든 걸까? 이에 의문을 품은 사람들이 많았다. 그중에서도 수학자와 과학자가 허니콤을 탐구하였다. 그들이 각자의 주장을 근거로 논쟁한 덕에 우리가 허니콤을 쉽게 이해할 수 있게 되었다. 그들 사이로 어떠한 논쟁이 오고 갔을까?

◈ 허니콤에 대한 논쟁, '꿀벌' VS '자연'

파푸스(Pappus)는 '꿀벌은 기하학적 감각에 의해서 정육각형이 다른 정다각형보다 면적이 크고 부피가 큼을 알 것'이라 생각했다.

라스무스 바르톨린(Rasmus Bartholin)은 '육각형이 최대의 공간을 만들기 위해서 자연적으로 탄생하는 형태일 것'이라 생각했다.

Charles Darwin 찰스 다윈
AD1809 ~ AD1882

찰스 다윈은(Charles Darwin)은 '꿀벌이 밀랍을 경제적으로 사용해야 하므로 허니콤 구조 본능이 발달한 것'이라 생각했다.

영국의 과학 학술지 Nature에 게재된 논문에서 '벌집을 구성하는 셀(육각형)은 표면장력, 즉 자연적으로 생기는 것'이라 말했다.

Bushan Kariharoo 부산 카리하루

부산 카리하루(Bushan Kariharoo)는 '연기를 내뿜어 꿀벌을 쫓은 뒤 확인한 결과 시간순으로 원형에서 육각형으로 변함을 발견'했다. 따라서 자연적으로 육각형의 셀이 생성됨을 발견했다.

◈ 표면장력

지금까지 수많은 수학자와 과학자들은 연구 끝에 허니콤은 표면장력에 의해 형성된다는 것을 발견했다. 그렇다면 표면장력은 무엇일까? 표면장력은 액체의 표면, 즉 외부와 닿는 면적을 최소로 취하려는 힘을 말한다. 예를 들어, 컵에 물을 가득 채운 후에 계속 물을 부어 보자. 일정량까지는 돔 모양이 되며 물이 넘치지 않을 것이다. 이 이유가 바로 표면장력이다. 허니콤에서는 어떻게 표면장력이 작용할까? 우선, 꿀벌이 원형 셀의 집합체를 만든다. 그 후 꿀벌의 체온에 의해 밀랍이 녹는다. 이때 3개의 셀이 맞닿는 부분에서 표면장력이 작용하여 밀랍이 중심으로 움츠린다. 이 과정을 통해 원형의 셀이 육각형의 셀로 변한다. 다시 말하면 허니콤 구조는 표면장력으로 인해서 만들어진다.

◈ 경제적인 허니콤

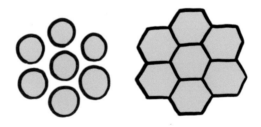

꿀벌이 표면장력으로 인해서 자신의 집이 변하는 것을 보고만 있었을까? 꿀벌은 허니콤 구조가 밀랍을 적게 써도 된다는 것을 터득한 것

일 수 있다. 다시 생각해보자. 밀랍이 녹아 중심으로 움츠린다면 밀랍을 더 적게 써도 된다. 밀랍을 적게 쓰는 것뿐만 아니라 가장 큰 면적을 확보할 수 있다. 즉, 허니콤 구조는 최소한의 재료로 최대한의 공간을 확보하는 가장 경제적인 구조이다. 벌집의 단면을 잘라 보자. 단면은 정육각형을 연결한 모습이지만, 실제 벌집은 입체이므로 정육각기둥을 쌓아놓은 모습이다. 2차원에서는 둘레의 길이가 일정할 때 면적이 가장 큰 것이 정육각형이다. 3차원에서는 어떨까? 3차원에서는 옆면의 넓이가 일정할 때 부피가 가장 큰 것이 정육각기둥이다. 다시 말하면 벌이 같은 양의 밀랍으로 집을 지을 때 가장 넓은 공간을 취할 수 있는 것이 정육각기둥이다. 꿀벌은 아마도 최대의 공간을 취하기 위해서 표면장력을 이용했을 수 있다.

◈ 안정적인 허니콤

허니콤은 경제적임과 동시에 가장 균형 있게 힘을 분산시키는 안정적인 구조이다. 허니콤은 정말 아름답다. 그리고 대단하다. 밀랍을 적게 쓰며 가장 넓은 부피를 가지며, 힘을 고르게 분산시킨다. 아래 그림을 보자. 사각형 셀이 힘을 분산시키는 사이에 육각형 셀은 한 번 더 힘을 분산시킨다.

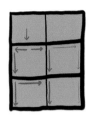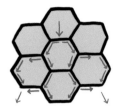

생각해보자. 만약 허니콤 구조가 건축물로 지어진다면 어떨까? 건물의 하중, 즉 무게를 고르게 분산하여 더 적은 재료를 가지고 건축 설계가 가능하다. 물론 기존 구조와 다르기에 어색하게 느껴질 수 있다. 하지만 곧이어 허니콤 구조에 익숙해지고, 허니콤 구조의 장점을 잘 알수 있을 것이다. 이제는 사각형 구조에서 벗어나 허니콤 구조를 건축에 활용할 수 있다.

◈ 건축에서의 허니콤

허니콤을 건축에 활용해보자. 어떤 결과가 나올지 떠오르는가? 여러분의 머릿속에는 벌집이 먼저 떠오를 수 있다. 그리고 그것을 짓는다고 생각해보자. 분명히 말도 안 된다고 생각할 것이다. 당연히 말도 안 된다. 초대형 벌집을 그냥 짓는다니. 건축에서 허니콤이 쓰인 예를 들어보면 단지 벌집이 아닌 것을 알 수 있다.

허니콤 구조를 잘 드러낸 건축물들은 다수의 서적에서 거론되기도 하며, 칭찬을 받는다. 이유는 분명하다. 허니콤 구조를 자연스럽게 건축물에 담았기 때문이다. 그러나 완전히 허니콤으로 건축된 전망대가 있다. 바로 'Vessel'이다.

◈ 'Vessel'에 대한 나의 생각

'Vessel'은 뉴욕의 대형 재개발 프로젝트인 '허드슨 야드 프로젝트'의 일부이다. 이는 뉴욕 지하철 7호선의 차량 기지 부지를 활용하는 프로젝트이다. 미국 역사상 가장 큰 규모의 프로젝트로, 맨해튼의 강가에 들어선다. 아래 지도를 보면 보라색 건물이 바로 'Vessel'이다.

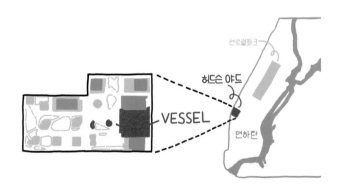

'Vessel'은 높이 약 48m로 콘크리트와 철강 재료를 사용하여 나선형으로 지어졌다. 아래 사진을 보면 완전히 허니콤 구조인 것을 알 수 있다. 이는 2,500개의 계단이 있고, 뉴욕을 다른 구도에서 볼 수 있으며, '뉴욕의 에펠 타워'라 불린다.

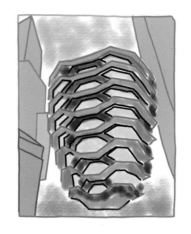

어떤 사람은 'Vessel'이 허니콤 구조의 아름다움을 볼 수 있어 좋다고 말한다. 그러나 다른 사람은 'Vessel'을 다양한 이유를 들어 별로라고 말한다. 'Vessel'이 우리에게 주는 것은 무엇일까? 분명 허니콤이라는 주제 의식이 돋보인다. 그리고 'Vessel'에서 주목해야 할 점이 있다. 바로 허니콤 구조의 계단을 제외하고는 기둥이 없다는 점이다. 사람이 많이 올라가는 전망대 특성상 안정하고 튼튼해야 한다. 그러나 계단만이 구조물의 전부라는 것은 큰 충격이다. 이는 허니콤 구조가 하중을 충분히 견딜 수 있다는 점을 알려준다. 'Vessel'이 우리에게 허니콤 구조가 가능함을 알려주었다. 하지만 이런 허니콤 구조에도 보완해야 할 점은 있을 것이다.

◈ '허니콤 건축' 어떻게 보완해야 하는가?

앞에서 말했듯이 'Vessel'은 우리에게 허니콤 구조가 가능함을 알려주었다. 그러나 전망대에서 살 수 있는 사람은 없다. 허니콤 구조를 외벽에 커튼월 공법으로 적용하는 것이나 전망대로 만드는 것은 진정한 '허니콤 건축'이 아니라고 생각한다. 만약 허니콤 구조를 넘어서 건물 자체를 허니콤으로 지으면 어떨까? 정육각기둥이 쌓인 형태의 진짜 '허니콤 건축' 말이다. 이 '허니콤 건축'을 한다면 기존의 사각형 건축에서 벗어나 새로운 건축 혁명을 일으킬 것이다. 다른 건축 공법과 융합하여 설계한다면 분명히 엄청난 효과를 낼 것이다.

– 글을 마치며···

이 주제를 선택하기까지 건축에 관한 다양한 책을 읽고, 건축에 대한 다양한 글을 봤다. 건축에 대한 많은 것들이 우리 삶에 어떠한 영향을 미치는지 깨달을 수 있었다. 그런 책을 보며 커튼월 공법, 캔틸레버 공법 등 다양한 공법을 탐구했다. 그러나 허니콤 구조만큼은 눈에 확 들어왔다. 분명 허니콤 건축은 책을 찾아볼 수도 없었고, 글도 몇 없었다. 자료가 많이 없기에 허니콤 구조에 대한 내 생각을 자유로이 펼칠 수 있었다. 책을 쓴다는 것은 분명히 자신의 생각을 펼치는 일이다. 그리고 자료가 없는 상태에서 쓰는 것이 틀릴지라도 그 순간만큼은 내 생각을 잘 읽을 수 있어 기쁜 일이다. 책을 쓴다는 것에 매료되어 이 동아리에 들어왔다. 쉽사리 이어나갈 수 없었던 내 글이 이제 마침표를 찍었다. 이 글을 쓰면서 내가 왜 건축을 꿈꾸는지 정확히 되짚어볼 수 있었고, 건축에 대한 길을 확고히 다질 수 있었다. 그리고 '진정한 건축이란 무엇일까?'라는 질문을 스스로 묻고, 그에 답하는 시간을 가질 수 있어 기뻤다. 그리고 이제는 답할 수 있다. 진정한 건축이란 건축에 매료된다는 것이다.

| 고마운 사람들 |

이현고등학교 교사

- 차성목 교장선생님
- 조지연 교감선생님
- 신연정 선생님
- 박종윤 선생님

- 박준석 선생님

'미적, 감각' 1기 동아리 부원

- 류현서
- 김태경
- 김세은
- 한재윤
- 이다희

이천 이현고등학교에서 시작된 '미적, 감각'이라는 동아리는 자신의 꿈과 목표를 글로 표현하는 독창적인 동아리입니다. 동아리 부원들 모두 서툴지만 '글'이라는 공통적인 수단을 통해 누군가에게 영감을 주고 자기 자신을 표현하고자 동아리에 들어왔습니다. 그리고 그렇게 모인 9명의 동아리 부원이 책을 써 내려 가기 시작했습니다.

많은 동아리원이 모인 만큼 글의 주제선정, 책의 겉표지 디자인, 책의 구성 등 다양한 면에서 서로 의견이 충돌하고 많은 시행착오를 겪었습니다. 그럴 때마다 우리는 수시로 모여서 동아리 부원 한 명 한 명의 입장을 모두 들어보고, 타협을 통해 해결해나가려고 노력했습니다. 그렇게 1년간 그 수많은 과정을 겪으며 저희가 이 책을 여기는 무게감이 사뭇 달라졌음을 느꼈습니다. 진심을 담아 우리의 '꿈 이야기'를 전달하고, 독자에게 그들이 나아가야 할 방향성을 제시해주는 정말 멋진 책 한 권을 만들어 보고자 하는 욕심과 책임감이 생겼습니다.

그 욕심과 책임감을 바탕으로, 글을 쓰는 과정에서 '더 좋은 글, 그리고 우리를 더 잘 표현할 수 있는 글'을 쓰기 위해서 자기 자신을 객관적으로 성찰하고, 또 되돌아보며 글을 썼습니다. 혹여 잘못된 정보를 이용해 글을 쓰진 않았는지, 또 문맥이 어색하진 않은지 재차 확인하고 직접 발로 뛰어 알아가는 과정에서 글의 완성도를 높이려 노력했습니다. 특히 글의 이해를 돕기 위해, 손 그림으로 글에 들어갈 삽화를 개성 있게 표현한 활동은 '모두가 적극적으로 합심해서 책을 만들어가고 있다'라는 자부심을 심어주었습니다.

9명의 동아리 부원들이 함께 글을 완성하면서 각자의 꿈이 어떠한 '길'을 나아가야 할지에 대한 확신을 얻을 수 있었습니다. 그러한 우리의 '꿈꾸길'이 다른 친구들에게도 방향성을 제시하는 길잡이 책이 되었으면 하는 바람입니다.

이상 '미적, 감각' 진로 책 쓰기 동아리의 2019년 활동을 마칩니다.

– '미적, 감각' 동아리 2기 일동

활동사진

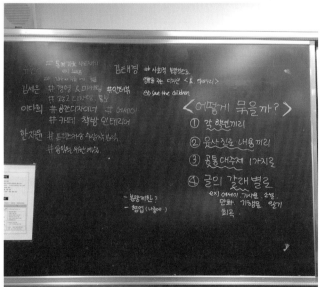

10대, 진로를 향한 꿈의 날개

꿈꾸길

펴낸날 2020년 2월 5일

지은이 손세원, 장민지, 김나희, 강채은, 김수경, 최승주, 김다함, 김은기, 안희주
엮은이 박준석
펴낸이 주계수 | **편집책임** 이슬기 | **꾸민이** 유민정

펴낸곳 밥북 | **출판등록** 제 2014-000085 호
주소 서울시 마포구 양화로 59 화승리버스텔 303호
전화 02-6925-0370 | **팩스** 02-6925-0380
홈페이지 www.bobbook.co.kr | **이메일** bobbook@hanmail.net

© 손세원, 장민지, 김나희, 강채은, 김수경, 최승주, 김다함, 김은기, 안희주, 2020.
ISBN 979-11-5858-636-2 (03810)

※ 이 도서의 국립중앙도서관 출판시도서목록(CIP)은 e-CIP 홈페이지(http://www.nl.go.kr/
cip)에서 이용하실 수 있습니다. (CIP 2020003044)